众声

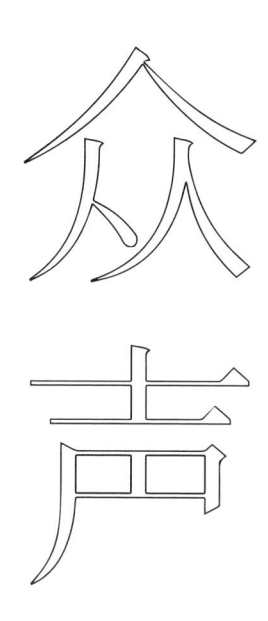

郭玉洁 著

The Sound

人民文学出版社

图书在版编目（CIP）数据

众声/郭玉洁著.—北京：人民文学出版社，2016
ISBN 978-7-02-012071-0

Ⅰ.①众… Ⅱ.①郭… Ⅲ.①散文集—中国—当代 Ⅳ.①I267

中国版本图书馆CIP数据核字（2016）第228849号

责任编辑　徐子茼
责任印制　苏文强

出版发行　人民文学出版社
社　　址　北京市朝内大街166号
邮政编码　100705
网　　址　http://www.rw-cn.com

印　　刷　三河市西华印务有限公司
经　　销　全国新华书店等

字　　数　147千字
开　　本　880毫米×1230毫米　1/32
印　　张　9　插页1
版　　次　2017年2月北京第1版
印　　次　2017年2月第1次印刷

书　　号　978-7-02-012071-0
定　　价　39.00元

如有印装质量问题，请与本社图书销售中心调换。电话：010-65233595

序

一

我出生之后,四爷来看我。

他问,起名字了吗?

母亲说,起了,叫育杰。教育的育,杰出的杰。母亲出生在地主家庭,幼年父母被批斗,死于饥荒年代。她在福利院长大,几次被剥夺了上学的权利。尽管母亲绝顶聪明,但是仅仅活下来、读书、工作,就竭尽了她所有的力量。她希望我长大后,能出人头地。

四爷是我妈的叔叔。他生得早,享受过地主家的好处,是一个会做格律诗的慈祥老人。他说,这个名字不好,改成这两个字,玉洁。

我们县有一个著名的书法家,叫马玉浩。所有学校的校名都是他题的,领导办公室、有身份人的家里,都挂着他的作品。左下角署着三个字:马玉浩。我上学之后,老师点名,郭玉浩。同学们哈哈哈笑起来。有的老师仔细看一下,故意说,我还以为是郭玉浩呢。这不太好笑的笑话,同学们也哈哈哈地笑起来。课间,放学后,同学跟在后面叫,郭玉浩,郭玉浩。连我弟想要气我时都会说,郭玉浩,嘻嘻。

长大以后,我看到成年人的行为,回忆起童年的遭遇。比如说,人们蹲下来看着你,说出两个人名,然后问,他们是谁?你已经略懂人事,知道这是你父母的名字。但是你不想回答,因为从对方憋住笑的脸上,你感觉到了问题背后的恶意。

原来只是名字,就足够让人难堪了。

离开了家乡,马玉浩的噩梦终于消失了。但是,这个名字再一次让我觉得不自在。朋友介绍我,郭玉洁,玉洁冰清的玉洁。又是一阵哈哈。这个名字寓示着强烈的女性气质,而我明显地,并没有太多这样东西。

后来,我成为了记者。有时候曲尽联系,终于见到(男性)采访对象,我在猜测,对方会不会感到意外呢?——女记者比较占优势,因为受访者通常是男性,这是书本里没有,但在媒体圈流传的关于采访的学问。

我开始写文章,标题另起一行,键入"郭玉洁"三个字。刊印之后,一位读者约我见面,她惊讶,原来你这么年轻,我以为你四十多岁呢。哦,是吗?我想,读者会以为我是什么样的人呢?也许会觉得自相矛盾,不易浮现出一个清晰的形象。年纪很轻,文字老成。名字柔弱雅致、有点俗套,但我追求的文字风格,是沉郁顿挫——这倒与我的性格相符了。

文字符号有自己的生命,背后是语言传统,他人的期待……名字与我,仿佛两个人。我有时候想,说不定我妈取的第一个名字,"育杰",农家子弟头悬梁锥刺骨、鲤鱼跳龙门的形象,还更像我一些。

我缓慢地写着,直到结集出版的这天。

二

人有可能一辈子生活在出厂设置之中。

我经常回忆起我妈说的一些话,惊异它们对我的影响之深。比如,人要懂得报恩。小时候,我真是听腻了母亲的故事。通常都是她小时候,谁曾分她一碗小米粥,谁曾在假期收留她,给她家庭的温暖,谁在逃荒路上等她活过来。她不停重复这些名字,确认他们永远不会被忘记,并成为她,也成为我平生行事的依据。

我妈喜欢讲的第二句话是,做大事,不拘小节。我在报纸上读到,诸葛亮执政巨细无遗,辛劳而死,也未能使蜀国一统天下。我又读到另外一句，一屋不扫，何以扫天下？——原来两句真理是可以互相反对的。那时的我没有去想，到底未来要做什么大事，又要去扫哪一个天下。只隐隐约约觉得，这和我妈不喜欢做家务有点关联。长大后的生活里，我毅然选择了听妈妈的话，只在乎很少的事情：爱、友谊、知识、某些原则。其他事都是小节，包括家务。

第三句对我影响至深的话是：不要自己夸自己，要把事情做好，让别人夸你。

不用说，这句话是多么落伍了。

1980 年代工厂改革之后，就有人在报纸上教育大家，"酒香不怕巷子深"是不对的，光是产品好没有用，要懂得推销，做市场。三十多年过去，商业逻辑已经爬生在日常生活之中，人本身——名字、面孔——也变成了商品，变成了渠道。经营它，传播它，利益自然会来。所谓网红，莫不如此。

我的职业生涯，目睹了媒体市场化的进程，各家媒体学习西方的老师，建立起部门完备的公司，发行、广告、内容、美术，各司其职。一些杂志喜欢谈论《经济学人》、《时代》周刊，个人不重要，新闻是集体协作的产物，机构本身就象征了专业水准。也总有人宣称要创办中国的《纽约客》，培养有个人风格、成熟的作家。不管哪一种，在那些最好的媒体，总能在一种成熟的商业模式之下，承诺内容生产的严肃性和公共性。

互联网之后，原有的商业模式失效了。机构媒体衰败、破产，必须向市场证明自己有理由活下去。一夜之间，部门之间的壁垒打破，每一个内容生产者都必须学习做生意，学习营销，或是配合营销。更不用说那些四处奔散的自媒体。离开了机构，人们急于建立个人名声，让粉丝围绕在自己的名字周围。越是年轻人，越是能迅速理解新的游戏规则。尽管不是每个人都能成功，但这是距离成功最近的路了。

出版同样如此。读书的人越来越少，利润微薄，竞争却很激烈。低调出好书、等待知音人，再也行不通了。腰封、读者见面会、请名人捧场、互捧、大量签名，渐渐成了出书的标配。这大约也是对的，谁会买一本从未听过的作者的书呢？

一位出版社的朋友说，你想去看看我们的仓库吗？都是卖不出去的书，过了一定时间，就要回收变成纸浆了。

三

这些文章，是我为所供职的媒体所写，《生活》《lens》《正午》，还有和我情感深厚的《今天》《单读》。我还记得其中一些形成的过程。有时一整个月，脑子里照着一盏明灯，白天黑夜，反复默诵每一个句子，不时跃出新的灵感；有时候满心恐惧，不肯开始写作，夜深时终于咬牙坐在书桌前，放任自己掉入黑暗的深渊，感觉天旋地转，皮肤微微发麻，轻微的晕眩中，一个世界出现了，写完时抬头，天已亮了；有时正在旅途中，被无边的孤独袭击，像瘫痪了一样，挣扎着起来，写下一千字，勉力度过一天。

我写得很慢，网络那头，总有一个即将崩溃的编辑。终于写完，我打开信箱，写下编辑的地址，贴上附件，按下"寄出"。涨满了风的帆突然瘪了。我心想，糟了，我一定没写好。此后，我拒绝询问发表的时间，也不看付印后的文章。偶尔拿到杂志，瞥见自己的名字，面红耳赤。

这种对自己名字的羞耻，我已经不确定是家庭教育形成的谦虚自抑，还是因为我太重视写作而无法面对这个疑问：我可能真的写得不够好。为了摆脱这种巨大的恐慌，最好的办法就是忘记它，开始下一篇。

互联网时代，掉头不顾已经不可能了。读者好像就在家门口，热切评论，等待你的回应。但我总感觉受宠若惊，又无话可说。我想说的，都在文章里了。我最赤诚、深沉的心思，都在其中。希望你乐意阅读。

我已经找到了新的和名字相处的方式。我想象传统的理想人格，就像玉一样，温和坚定。至于"洁"，或许可以看作人们热衷谈论的"纯粹"，那是我希望拥有的品质。人是可以赋予名字意义的。但是除了自己，这意义对他人却是虚空。历史上有很多佚名的诗歌，难以考据作者生平的文章，它们流传下来，就已经很美丽了。

谢谢我的父母,我今天的样子基本上是他们塑造的。谢谢于威、北岛、谢丁、娄军等编辑对我的宽容和鼓励。谢谢小燕,她总是我的第一个读者,也是最重要的读者。

希望能尽快度过这段充满悖论的喧嚣,然后,沉入我所热爱的静默,继续写。

目　录

001　时间的工匠
假如晚五十年出生，也许他就是这个时代的 IT 宅男。不过，他也曾在自己的时代、自己的世界，成为主人翁。

014　天黑前赶到目的地
风飞飞回想自己成名的经历："我必须在视线看得清楚的时候，继续往前走，在天黑前赶到自己的目的地。"

024　找一个自己的房间
自由从来不容易，不是一个姿态，一个手势。自由是永恒地克服重力，挣扎着向上飞行。

032　诗人张枣之死
"只要想起一生中后悔的事 / 梅花便落满了南山"，这是张枣最广为流传的句子。顾彬写讣闻说，他是一个天才，但他没有珍惜自己的才华。

042　在高山前，盖一所木屋
当我回去，该如何描述这次旅行呢？——一次最好的旅行，它就是生活。

069　老师阿明
我的老师吴明益说，小说是一门展示心碎的技术，也是挽救心碎的技术。

086 **在花莲听杨牧讲诗**
2013 年,杨牧从华盛顿大学退休,73 岁的他,仍然在教授《诗经》和叶慈。他小心地调和、安排,固执笨拙,却保护了内心的完整与自由。

113 **荒芜青春路**
我想,"理想主义""理想主义者"今天还活着,它会活在每个时代。

127 **何伟的三场演讲**
很多时候,你仿佛在《江城》里看见一个个性过于敏感的美国年轻人,在混乱吵闹的中国小城,为了保护自己的尊严和内在的完整,在做着绝望的努力。

145 **文学是一场偷情**
在一个贫瘠乏味、整齐划一的矩阵里,为何是这一个,而不是其他的编码错乱了,想要成为一个火箭,去往自由而无助的太空?

157 **七次盛大的婚礼**
稳定不是生活的本质,不稳定才是。太平盛世的生存技能,就是在摇摇晃晃的世界里,尽力保持暂时的平衡,活下去。

170 **在成吉思汗的荣光里凝望路易威登**
成吉思汗,今天蒙古四境都在召唤这个 13 世纪的霸主。正午的阳光下,他坐在历史的阴影里,越过前社会主义国家领袖的雕像,凝望着路易威登,社会转型中的物质欲望。这就是蒙古的今天。

190 贫穷，然而性感
    彻底的孤独，与所爱的人、世界隔绝，和酷刑相比，到底哪一个更难以忍受？

208 柏林断章
    我想对我而言，答案很明确，不经反省的、太轻易的生活，是不值得过的。

222 命运交叉的城市
    台北是一座与人和善的城市。小小的街道，处处是便利店、小吃店。台大附近的巷弄里，遍地是咖啡馆、书店。人们在此恋爱、写作、高谈阔论，用最美好的方式打发时光。

240 一个老兵的春节
    战争真的太可怕了，你们年纪太轻都不知道啊！

252 我相信，我记得
    可是如果十七八岁的时候，你不能诚实面对自己的十七八岁——尽管那很贫乏、很小资，你怎么可能诚实地去面对自己的五十岁、六十岁？

266 陕西来了个倔老头
    如何在日常生活的层层规矩里催成的早熟下，寻求一个个性解放的生活？

时间的工匠

一

李方乐个子瘦小,脑袋比起身子来,大了一号,脑门尤其大,前额鼓出一块,在灯光下发亮,两侧是半寸长的白发。虽然已经72岁,但是走惯长路,行动十分敏捷。说话时有点不好意思似的,他并不直视,但是上海口音的普通话,条理清晰,一样一样,按照顺序折好了放在脑子里。年轻时,他必定是个聪明伶俐的工人。

都说上海人门槛精,李方乐表现出的是上海人的另一面:极有分寸。每次见面之前,一定会电话确认,提前五分钟到。热情,却也绝不过分。有时也会礼貌地露出小心思:"现在也不兴问女士的年龄了……"然后歪着脑袋等我回答。

李方乐不抽烟不打麻将，生活过得简单。除了去同事的公司兼职，赚一份应酬零花的收入，他最大的娱乐，就是看展览。

每年年初，李方乐请经理上网，把全年的展览找出来，他挑出自己喜欢的，打印出来，依次去看。这些展览大部分跟机械有关，机床、模具、太阳能、自行车……一般免费，只有一次，李方乐花一百块，看了一场游艇展。同事见他喜欢，送了他一张三千块的赛车票，是主席台附近的位子。但是，他看着车以极高的速度在场内转来转去，觉得很没意思。2014年轰动上海的莫奈展，李方乐也看了。但是抽象画么，他觉得自己不大喜欢。

2014年，李方乐看得最过瘾的一场展览，是卡地亚的钟表展"瞬息·永恒"。

十年前，李方乐曾在上海博物馆看过一场卡地亚的展览。那场展览以珠宝为主，钟表很少，只占一个橱窗。李方乐看到一座钟，形似大门，钟盘两边是两根白色圆柱，撑起底座和门檐。看标识，这座钟叫作"门廊"。让李方乐奇怪的是，一般来说，时针分针背后，总能看到机芯，因为机芯带动指针的转动，但是在这座全然透明的钟盘之中，他只看到两根针腾空旋转，后面空无一物。随便李方乐怎么找，就是找不到机芯在哪里。

仔细读橱窗边的说明，李方乐才知道，这是卡地亚著名的"神秘钟"。这座钟的奥妙在于：它打破了指针与机芯相连的技术惯例，把指针固定在水晶表盘上，成为整体，当机芯连接表盘，带动表盘整体转动，也就带动了分针和秒针。

1912年，工匠莫里斯·库埃（Maurice Coüet）制造出第一座神秘钟。当时，欧洲的贵族像一百年后上海的退休工人李方乐一样，围着神秘钟，想要找出这一魔术的谜底。神秘钟从此成为卡地亚钟表的象征。很长时间内，卡地亚严守这一工艺的秘密，就像可口可乐的秘方一样，让悬念成为神话的一部分。一百年后，李方乐在这个悬念前徘徊不去。到底技术上如何完成呢？橱窗边的说明无法令他满足。他每天琢磨这个问题，连看了三天展览。

2014年，卡地亚钟表展宣传册的封面，就是李方乐十年前看过的神秘钟。不用说，他是一定要去的了。

这年夏天并不很热，霾却比往年严重。卡地亚的展览选在黄浦江东岸的上海当代博物馆，这里原本是一座电厂，世博会期间，改建为法国馆。世博会结束，荒废了两年之后，改建为上海当代博物馆，电厂高耸的烟囱成了博物馆的标志。这年晚些时候，蔡国强将在黄浦江上放烟火，与此相关的展览"九级浪"就在上海当代博物馆展出。

这次展览，单是"神秘钟"就来了十座。李方乐进了珍宝库，眼睛都要不够用了。更让他惊喜的是，每隔一两个礼拜，会有一个工匠从瑞士飞来，在展览现场演示制表工艺。演示的环节共有四个：宝石镶嵌、倒角、机芯组装、珐琅。其中，宝石镶嵌、珐琅都是装饰性的技艺，李方乐并不十分欣赏，机芯组装也还好，只有倒角，李方乐最感兴趣。

倒角，简单来讲，就是打磨机器零件。它看似一项微末的技艺，却是高档和低档钟表的重要区别之一。高档钟表，零件无论大小，全部精心打磨，表面像一面镜子，边缘像一道光。这样，无论从正面，还是从透明后盖看进去，机械与美呈现一体，价格自然也上去了。这道工艺虽有机器，却由手工操作，全凭耐心和经验。李方乐在国内从未见过，他想，未来也许用得到。

梁玮是现场的法语翻译，她对李方乐印象很深。因为演示结束后，一般观众都问：这块表能卖多少钱？做这样的表要花多长时间？但是李方乐上来就问：这用的是什么工具？能不能让我看看？

梁玮记得，李方乐穿白色条纹短袖衬衫，身型瘦小，他说自己是个退休工人，钟表爱好者。梁玮倒觉得，李方乐很有知识分子气质，很有礼貌，总说谢谢，也总担心打扰别人。如果现场人多，李方乐会说，小梁，你们先忙，我等人少的时候再来。但是他对技术的痴迷，千真万确属于工人。

演示倒角的工匠只有二十多岁，他来自制表重镇拉绍德封，十多岁开始学习制表。相对于"这块表多少钱"一类的问题，他也乐于和李方乐交谈。他教李方乐如何使用工具，应该用什么手势。傍晚六点半，一天的展览要结束了,李方乐把不懂的问题都记在了小本上。

第二天,李方乐不仅带来了问题,还带来了一个塑料袋。他从塑料袋里拿出自己做的零件,请工匠示范,然后自己打磨,再请工匠帮他修改。三天下来,工匠说,所有的技法,李方乐都已经学会了,只需要再熟练些。

这次展览,李方乐去了11次,常常等展览关门才离开。他学会了倒角、得到瑞士工匠的肯定,更加有了自信。但是他没有告诉工匠,这门技术,他要用在自己的机芯上。

二

最早,李方乐感兴趣的并不是钟表。

李方乐八岁跟父亲到上海,那时新中国刚刚成立。20岁,他高中毕业,分配到百货公司系统,做过营业员,仓库保管员。后来进入文具厂,专门生产圆规。1979年,上海百货公司将部分钟表修理作坊组成钟表零件厂,统一承接零件加工业务。李方乐也调到了零件厂。

上海开埠以来,就是一切时髦事物的入口。就在"神秘钟"系列在欧洲问世的时候,上海有了亨达利、亨得利,大量进口瑞士钟表,浪琴、劳力士、欧米茄……通过上海,销往徐州、天津、北平等地。钟,尚可购买零件组装,但表是一种不可思议的精密机械,是欧洲工匠几个世纪的智慧累积而成，当时的中国没有能力生产，只能进口。

1949年之后，进口之路几乎断了。新中国的领导人指示，要"填补空白"，制造中国自己的手表。但是，当时的工业基础非常薄弱，没有图纸，没有加工机器，工人们以洋伞骨、绣花针、自行车钢丝为原材料，进行研制。在这样的条件下，1955年，天津制造出"五星"牌手表，1958年，上海制造出"上海"牌手表。之后，这两座城市分别成为钟表制造的南北中心。

李方乐进入零件厂时，中国的钟表行业正在进入最好的时代。"文革"结束，人心有期待。生产力和消费力都在释放，人们结婚要三大件：自行车，缝纫机和手表。一块上海牌手表120块，是工人三四个月的工资——昂贵又够得着的奢侈品。到1990年，上海钟表行业已连续九年每年生产手表一千万只以上，有24家工厂，一个研究所，20个经销部门，一所职工大学，一个运输队，两家合资企业，全行业在编职工31720人。

零件厂一时壮大，有300多人。厂里的工人主要有两类：一类是1960年代以来钟表技校的毕业生，他们好比唱戏的科班出身；另一类是1949年之前就在钟表行工作的老工人，他们熟悉进口表的结构，能够仿制大部分零件。在《上海地方志》里记载了一件事：一位少数民族著名人士，外宾送给他一只刻有沙特阿拉伯国王头像的手表，不慎损坏，别的地方无法修理。钟表零件厂受理后，指派技师画稿制版，翻新表面，重刻头像，整旧如新，他非常满意，赞扬该厂是一家"钟表医院"。

李方乐不是钟表修理工，他是金属加工车间的机修工。当时，尽管手表可以国产，机芯、齿轮、游丝都可以国产，但是制造手表的关键机器全部是瑞士进口。李方乐负责维护、修理机器，也常常去其他钟表厂，参观生产线上的瑞士设备。他觉得钟表修配没什么，机器，才是最复杂最现代的工作。而厂里那些六七十岁的老师傅，还在用十几岁学徒时的机器，手摇操作，制造零件。他边看边想，这实在太土了。

1990年代，钟表业的好日子结束了。市场的盖子一旦打开，暴风雨就会到来。原来在隔绝和保护下生长的工业体系，很快被冲垮了。一方面，广州、深圳等地进口零件，组装廉价的石英表；另一方面，昂贵的进口表、真正的奢侈品终于又来了。作为实用物件,市场已经饱和了。作为奢侈品、装饰物，上海手表没有竞争力。

1998年,钟表零件厂关门。在那前后，钟表制造厂、纺织厂、仪表厂、热水瓶厂……纷纷关闭。上海曾经是中国的轻工业基地，是好质量的象征，这一页沉重地翻过去了，页面上是一百多万下岗工人，和社会主义工业的历史。上海新的野心，将是成为中国的金融中心。

和所有的下岗工人一样，李方乐过了一段蛮讨厌的日子。55岁的他，每月拿325块补贴，这是上海最低生活水平。妻子在街道工作,收入不高，他们还要供女儿读书。同事们各寻出路，有的去名表维修店，有的下海做买卖。李方乐靠修理音像设备，撑过了许多年。

尽管如此,他对机械、机床仍然有很大的兴趣。2000年,女儿大学毕业,家里经济好转,但仍有债务。这时,李方乐在朋友的厂房看到一台别人存放待售的机床。他一眼看出,这是瑞士著名车床"肖别林"。他请朋友留一留,先不要卖。他四处借钱,凑足了7000块,加上运费、请客,8000块,车床到手。李方乐立即动手拆解车床,再重新安装。在关键部位反复了无数次,花了一两年,才完整装好。拆装的过程中,他无数次感叹,这部车床零件加工之精细,对精度考量的缜密,国产机器根本无法相比,中国要成为制造强国,实在还有很长的路要走。

零件厂里,有一位比李方乐年轻十多岁的同事小董,毕业于钟表技校,长得五大三粗,李方乐觉得他像山东人,不像上海人。他的手指放在零件旁边,像拿棍棒的拿着绣花针。但这位同事却是同一批技校生里最聪明、技术最好的。下岗后,小董什么都做,修表、卖鞋、倒卖水货钟表……一年能赚三十多万,但是他不甘心,想研发陀飞轮——这是当时最复杂的钟表技术之一。小董找来李方乐,帮他做加工设备。

一天,小董叫李方乐去他家。他说,我让你看样东西。他拿出一座钟,透明的表面之内,机芯排成狭长的一条。这是老牌厂家积家的钟。李方乐从来没有见过这样的机芯。机芯由一百多个,甚至数百个零件组成,关系复杂,圆形最适宜摆放,所以一般来讲,机芯都做成圆形,中国的钟表制造也一律如此,温饱而已,从未有过这么特别的设计。李方乐想:原来钟表也可以这样玩,那么,我也可以试一试。

2007 年,他决心动手。

第一步,画图纸。他不懂用电脑,画图全靠手工。他也没有设计的经验,只能参考原来厂里的资料,再做改进。在一张工程图纸上,为了能画出合适的弧形,李方乐拿出早年的功夫,自制了一只一米长的圆规。

第二步,他在旧货市场以十块一只的价格,买了许多上海手表,把机芯零件拆下来,能用则用,不能用的,再逐一加工。他有一些加工设备,又曾有金属加工的经验,但是仍然有些零件,需要花钱去宁波订制。他存够钱,就去,没有,就停一停。停停做做,花了一年。机芯做好了,但是没有走动。

2009 年,李方乐再次试验,做出了第二款机芯。形状不错,一条长形的夹板上,布置了大大小小的齿轮、游丝、摆轮。但是上完发条,仍然没有动静。这时他才后悔,当年没有跟老师傅学习手艺。尽管各类加工他得心应手,但是调试、寻找故障,都是他的短板。李方乐受到了挫折。

就在那几年,同事小董患癌症去世了。他没能做成陀飞轮。他和李方乐所做的,原本应由整个工业体系来支持,最后却成了孤独的徒劳。

2013 年春节,李方乐待在家里左右不是,最后下了决心。大年初三,他到公司,搬出设备闷头搞起来。同事看他已经忙活了好几年,问道,老李,怎么还没搞好?李方乐呵呵笑道,完成之后,一定请你们吃酒。心里想的是，这次如果搞不出来，也就不要搞了。他重新研究图纸，四处找数据，发现原来是齿轮的中心距不对，所以两只齿轮咬住了不转。必须要重新制作齿轮。生平第一次，他用上一代师傅留下的"土"机器，手工操作，做了两只像指甲一样大小的齿轮，每只齿轮有84齿。

李方乐的第三个机芯，转动了。他实现了自己的许诺，请同事们吃了一顿饭。

三

按照北方话，李方乐会被称为"李大爷"。他连声说："不不不，不要叫我李大爷。""叫我老李。"最后我们折中为社会主义时期的称呼：李师傅。

李师傅穿着朴素，同事送的羽绒服，冬天也不舍得穿，矿泉水瓶子里泡好了茶，塑料袋里装了他所有的宝贝，机芯、图纸、眼镜……他说，他没有别的兴趣，只喜欢这个：钟表。

李师傅关于钟表的知识，大部分是从展览和杂志中来。

1990年代初，他带女儿去上海商城看了一次钟表展，看到一件瑞士博物馆的藏品，其中有一只摆轮作360°旋转，这是他第一次见到陀飞轮。

1999年,他在书报亭看到一本杂志《名表之苑》,在杂志里,他知道了最好的手表不只是劳力士、欧米茄。之后,他又看到《名表论坛》,这本杂志由香港"表王"钟永麟创办。钟永麟是物质富足时代的玩家,他懂酒懂美食,名车名笔样样都能写,写得最多的是腕表。每只表他都能够讲出机芯、机构、历史……他说,一个男人必须要有三块手表:日常佩戴、运动款和适合正式场合的华丽腕表。而钟永麟本人则收藏了四百多块名表。

这些表没有一块是李师傅买得起的。李师傅讲了一个故事,香港汇丰银行的一个大班,无意中在仓库里看到一批古董钟表,迷住了。他退休后,在世界各地收集钟表。有钱,此事也不难。可是有一次,在拍卖会上竞拍时,他最后差一口气,心爱的腕表给人买走了。大班生了一场大病,幡然醒悟,连开两场拍卖会,把所有的收藏都拍卖掉了。李师傅说:"彻底解脱了。再也不动这个念头了。"

月薪两千多块的退休工人,谈着香港大亨、名表藏家,却丝毫不令人觉得心酸。在第一次世界大战之前,怀表、腕表一直是有钱人的财产,阔太太小姐的首饰。"一战"后,尽管腕表普及,但是高档腕表有各式奇技淫巧、珐琅、镶钻,向来不是一般人能够拥有的。李师傅却用这个故事,想说明名钟名表背后财富的虚无,没有也罢。他最在乎的是:这些机械到底是如何运转的?从钟表爱好者,李师傅最终走向了制造者。

李师傅决定做机芯之后,很少告诉别人。他藏起了自己的"野心",

怕别人笑话。你也能行吗？他怕别人这样问。尽管第三只机芯走动了，但走了几天，又停了。有时甩一下，又走了。同事笑他，人家是劳力士，你这是甩甩力士。

好在一次一次，他更有把握了。他决定再拿出一年时间，慢慢修改，一定可以做成。

李师傅也清楚，自己的机芯，只是个人的玩具。把机芯改变形状，重新排列，在钟表行业，也只是简单的、已成型的工艺。至于更复杂的功能，只能望洋兴叹了。在卡地亚的展览上，对着满室的名钟名表，他觉得自己的机芯，好比丑媳妇，难见公婆。

但是谈论这些复杂的工艺，仍然是李师傅最开心的事。比如积家的"空气钟"，利用温度变化，热胀冷缩，作为动力的来源。"相当于永动机了。"他赞叹。

还有"三问"，何为"三问"？报时，报刻，报分。李师傅翻开一本砖头厚的杂志，大半本杂志嵌着一个"三问"的简易机芯，机芯旁边写着12∶59——一天中数字最多的时刻。他从塑料袋里拿出一个纽扣电池，小心地放进去，压上开关。

"叮，叮，叮……"杂志的小洞里传来了12下声响。十二点。

"叮咚，叮咚，叮咚。"李师傅伸出三个手指，示意这是三刻。

"叮，叮，叮……"报分的声音与报时相同，却要高八度，听起来很急促，又有些尖利。

安静的办公室里，我们身后是一排排电脑。通常，我们往屏幕的右上角或右下角斜一眼，或是打开手机，看阿拉伯数字显示的时间。人类曾经努力将时间实体化，在小小的表壳内玩弄炫目的把戏，穷尽了心思。以至于今天，钟表已不再有技术创新，只是把一百年前的花样重玩一遍。更重要的是，我们已经不再看表，更不问表了。

李师傅不懂电脑，制表时很吃亏。现在学，也来不及了。他说，对他来说，时间已经在倒数了。假如晚五十年出生，也许他就是这个时代的 IT 宅男。不过，他也曾在自己的时代，自己的世界，成为主人翁。

"叮！"高音停了。耳朵靠在杂志边一直凝神在听的李师傅抬起头，说："这是 12 点 59 分。"

天黑前赶到目的地

一

这大概是最有戏剧性的行业。极端总在发生，巅峰谷底，忽焉生死，而他们人生的戏剧总是摊开在人们面前。2011年6月，凤飞飞原定要举行自己的"台湾歌谣演唱会"，因为"声带长了东西"而推迟。八个月后，2002年2月13日，凤飞飞去世的消息传出——事实上，她已去世了41天。按照她的遗愿，后事要安静结束，也让歌迷过个好年。

可是，凤飞飞是谁？什么样的歌迷会因此无法过年？她去世的消息惊动整个台湾，哀恸的却多半是四十岁以上的台湾人。凤飞飞曾在1970、1980年代尽享风光，但流行音乐的新口味，一波一波重叠其上。像所有的流行明星一样，她最终成为了化石，依据她的歌声、形象，人们可以测定年代。

凤飞飞原名林秋鸾，小名阿鸾，1953年出生在台湾桃园县大溪镇。大溪田园开阔，间有池塘，是宁静淳朴的台湾村景。蒋介石就葬在大溪的慈湖，据说他选择这里，是因为这里景色很像家乡奉化。凤飞飞去世后，亦归葬在大溪的佛光山。

阿鸾属于战后出生的一代，家境清贫。父亲是砂石厂的卡车司机，母亲是公车车掌小姐（售票员）。她家是一座平房，在大溪镇最大的关帝庙后面的巷子里。成名后的凤飞飞回忆说："竹篱笆围着的小院子里，有几棵椰子树，和破旧的双轮木板车，院子角落里一年四季都有许多不知名的植物。"阿鸾个性洒脱直爽，常和哥哥弟弟们打架。直到六岁，隔壁阿婆才知道她的性别。母亲说，我们有生女的跟没生一样，看过去还是一堆男生。这种个性一直持续到歌唱路途，她穿长裤，因为懒得做头发造型而戴帽子上台，形象清爽，在当时浓妆艳抹的歌坛显得十分特别。

读书之后，阿鸾的数学和英语一塌糊涂，"可见我不是个脑筋灵光的读书料。"当她第一次懂得"志愿"的含意的时候，她立即把自己联想为"画家"，可惜绘画并不是穷人家的孩子可以发展的科目。她还喜欢唱歌，每周不到两小时的音乐课，对她来说太不够了。上其他课的时候，她把袖珍歌本藏在课本后面，假装用功。有一次被老师逮住了，大怒："林秋鸾！大溪河没有盖子！"阿鸾傻乎乎地问："干什么？"老师吼："跳呀！"

初二，她又拿着满篇红字的成绩单回家，被妈妈用藤条打了一顿，命令她独自检讨。她为了解闷，打开收音机，一阵卖药的广告之后，听到主持人讲歌唱比赛报名，顿时起了兴致。对啊，如果可以成为歌星，就可以整天唱歌不用为成绩伤脑筋了！几个月后，她征得妈妈的同意，独自赶到台北，参加中华电台举办的歌唱比赛。她落选了。

回到家，妈妈又是一顿藤条在等。多年后，孝顺的凤飞飞说："这是阿母另一种爱的教育吧！"阿鸾是个倔强的女孩，她跑到中华电台续训，拿到了人生中第一个冠军，那年她15岁。

1960年代末的台湾，流行文化已经开始繁盛。各种歌唱比赛很多，这是一个新人进入歌坛的重要方式。除此之外，台北有许多现场演唱的歌厅。阿鸾由母亲的朋友介绍，到台北一家新开的"云海酒店"驻唱，酒店经理给她取艺名"林茜"。

1971年，制作人张宗荣邀她拍摄闽南语电视剧《燕双飞》，并帮她改名为"凤飞飞"。一生相信观音菩萨的凤飞飞找人算过，"凤鸾和鸣"，"这下子不唱歌也不行啦。"第二年，凤飞飞推出自己的第一张专辑《祝你幸福》。她搭上了台湾娱乐业发展的两波热潮：电视综艺节目和琼瑶电影。1976年，凤飞飞开始主持电视综艺节目《我爱周末》，现场转播，载歌载舞，大受欢迎。后来台湾综艺界的大哥倪敏然、张菲，都是从她的节目开始走红的。第二年，专辑《我是一片云》销量突破45万张。

尽管主持多年综艺节目，凤飞飞其实不善言辞。制作人陈君天说，第一次录影的时候他发现，凤飞飞的每一句话不能超过九个字，超过九个字就开始胡说八道。所以陈君天帮她写脚本时，每一次停顿都在九个字以内，他叮嘱凤飞飞，如果想不起来，你就笑一下。结果这天真爽朗的笑成为了凤飞飞的一个招牌。

在接受电视采访时，凤飞飞并没有那么自如，她带着鼻音，有点局促，每一句都加一个不必要的"就是说"，一边说一边想，努力寻找语言，语言却总也不够用。可是想着想着，她口中就会跑出一些亲切生动的回答。她回想自己成名的经历："像是在没有月光的黑夜里，一个人从坟场旁的小路走出来……像做了一场噩梦。"又说："我必须在视线看得清楚的时候，继续往前走，在天黑前赶到自己的目的地。"

那是台湾电视综艺节目发展的早期，不必依赖机智口才，借助制作人的设计，借助歌声与舞台魅力，还有看不见的执拗与勤奋——凤飞飞总要拉着主持搭档就脚本反复排练，她成了台湾综艺界的祖师奶奶。不仅如此，从《我是一片云》开始，琼瑶的电影、左宏元的作曲、凤飞飞的唱，变成铁三角。

借助电视和电影两大媒介，大溪女孩凤飞飞的时代到来了。

二

凤飞飞去世之后，音乐人刘家昌说，他第一次到大陆，看到邓丽君那么红，很不服气，"阿鸾唱片卖50万张的时候，邓丽君卖不到5万张嘛。"

凤飞飞和邓丽君谁比较红？怎么红法？这样的比较已经不是第一次，这一次立刻又被媒体热炒，邓迷凤迷也再一次奋起互搏。对于中国大陆歌迷，邓丽君和凤飞飞的影响力相差甚远，是毫无疑问的。1984年，邓丽君在台北开演唱会，名为"十亿个掌声"，意指已征服海峡彼岸。而凤飞飞2007年在上海大舞台的演唱会，甚至都没有满座。

她们的确有许多相似之处，生于同年，都出自贫寒家庭，十多岁辍学出道，靠天分和勤勉熬成巨星，在最当红时退出歌坛，最后，又都过早地去世。但是，她们的不同之处同样多。

邓丽君长相、声音都很甜美，是男性的梦中情人；凤飞飞潇洒亲切，歌迷多为女性。邓丽君生长在外省人家庭，10岁开始就参与劳军表演，所唱也多为国语歌曲。而凤飞飞成长在闽南人家庭，从小跟妈妈唱台语歌，进入歌坛的前几年她都在唱台语歌。可是在那个年代，国民党政府推广国语（普通话），限制台语歌曲的演出，凤飞飞努力矫正自己的国语发音，尽管如此，还是留下一些平、翘舌不分的含混痕迹。这些痕迹，在台湾本土意识崛起的今天，成为了她富有"台湾意识"的证据。

因为常去劳军演出，邓丽君被称为永远的"军中情人"。国民政府迁台之后，为了反共宣传，常常从金门空飘气球到对岸，气球中最多的是传单，有时也有大米，1980年代之后，气球中有了邓丽君的唱片。除了空飘气球，台湾开通对大陆的电台广播，也出现了邓丽君的歌曲，《月亮代表我的心》《甜蜜蜜》，就是最早由台湾的"自由中国之声"往大陆播送的。这种"软实力"果然敲开了刚硬的革命胸膛，这个从来没有跨越过台湾海峡的甜美女孩，成了大陆流行音乐的启蒙者。

有此历史原因，再加上邓丽君1970年代开始就赴香港演出，后又赴日本发展，影响力远铺海外，等她再回台湾时，已是"国际巨星"。而凤飞飞在整个1970年代，且歌且演，雷霆万钧，无人可挡，被称为"国民天后"。

刘家昌说，凤飞飞抓住了本土的口味，"本土味的国语歌手在三十年前的确比我们正统国语歌卖得好得多。"两个人都唱过刘家昌的歌，刘家昌都视为自己的学生，只是，他说，当年"大近视"，如果早知道有这么大的大陆市场，他一定要带凤飞飞去美国学唱腔，再到大陆发展。

这一切当然无法"早知道"，历史总有偶然的岔口。况且发展至今天的现实，并非意义就比较小。1970年代，台湾工业发展渐趋成熟，大批农村女性涌入城市制造业，她们大多分布在纺织业、电子业，是台湾经济起飞的基石。女工们离开家乡来到城市，生活新鲜又飘摇不定，工作常常是令人发疯地辛苦和单一。曾经是女工、后来成为作家的杨索回忆道，那时候"凤飞飞是我生活的背景音乐"，无论走到哪里，都会听到凤飞飞的歌，"在厂房隆隆噪音中，凤飞飞仍唱着新歌，她爱周末，她有一道彩虹，她努力播种梦，全台湾的人跟随她唱同调。"

在那个年代的台湾，人们相信只要努力打拼，就会有收获。凤飞飞陪伴了一代台湾女工的年轻岁月，她的歌词浅显温情，声音宽和温暖，有天然的沧桑。作家、出版人詹宏志说："台湾人心目中的台湾，可能是：城隍庙、担仔面、鱼丸汤和凤飞飞。"可以抚慰一个时代的心灵，把声音镶嵌在时间的层岩，也就足够了。

三

乌托邦是一个时间概念，不是过去，就是未来。凤飞飞的去世，又使很多人开始怀旧。的确，在21世纪听凤飞飞的歌，很难让人不感慨，纯真年代似乎已经过去了。她唱"不管月圆月缺／不管花开花谢／我会痴痴地等／等你回来"，"年华似水流／转眼又是春风柔／层层的相思也悠悠／他乡风寒露更浓／劝君早晚要保重／期待他日再相逢／共度白首"。

这些来自古代闺怨诗传统的歌词，对爱情有一种笃定的痴。尽管纯真背后是背叛和不公平，但那同时拥有的简单恒久也令人惆怅。今天的歌词不会再有这些，春风秋月不是城市的时间体验，更不是亚热带台湾的季候。同样，闺怨不是现代的人际关系，今天写歌的人，忙着帮人们假装潇洒，以应对一次又一次的变动与破碎。

当然，那个年代并不真的简单，那正是台湾社会激情澎湃的时候。退出联合国，保卫钓鱼岛运动，知识分子们开始乡土文学论战，云门舞集成立，李双泽发起"唱自己的歌"，胡德夫、侯德健、齐豫和唱"靡靡之音"的凤飞飞、邓丽君同在台湾歌坛，罗大佑快要出现了。

政治对文化的控制还在。新闻局规定电视台、电台一天只能播出两首台语歌。1976年，凤飞飞在自己的节目中首唱台语歌曲《月夜愁》，意外地大受欢迎。两年后，她正当红之际，突然被坐"歌监"。那是在台中一家酒店的演出，她和两位男主持人康弘、黄西田搭档。两人问凤飞飞为什么这么瘦，凤飞飞笑说，就是吃不胖啊。台下有人喊，那你要喝牛奶啊。康弘于是做了一个用手挤胸部的动作。演出结束后，新闻局以"开黄腔"的名义处罚主持人，因为晚会名为"凤飞飞之夜"，所以凤飞飞被连坐，禁唱三个月。

斯人已逝，康弘开口回忆那个戒严年代，他说是凤飞飞拒绝了警备总部高官的饭局，所以才会遭此无妄之灾。刘家昌说，凤飞飞根本连什么是黄腔都不懂，怎么会开黄腔？

经过这件事，凤飞飞更加小心谨慎，她开始参加一些政治性的演出，劳军、三民主义晚会。她本身是一个简单的人，15岁出道——以唱歌为谋生的职业，母亲就跟在身边。那时没有经纪人制度，很多女明星都靠妈妈打点事业，这其中，凤飞飞的母亲，人称凤妈妈，至今为人津津乐道。车掌小姐的经历练就与各色人等打交道的能力，凤妈妈精明能干，作风强势，一手掌管了女儿的事业与生活。

在一次访谈中，陈升回忆起凤妈妈。他说，凤妈妈每天到宾馆门口等着刘家昌，看他出来就问："导演，给我女儿的歌写好了没有？"刘家昌很紧张，每次出门前都叫助手开门先看凤妈妈来了没有。助手说，没有没有。他才穿过大堂出去上车。有时候凤妈妈的车到了，她下车大叫："导演，我女儿的歌写好了没有？"刘家昌跟司机说：快开快开。到一个红绿灯，刘家昌叫，纸笔给我！他坐在车里开始写歌。到下一个红绿灯，凤妈妈的车赶到了，她下车追来，刘家昌赶快把稿纸从车窗递出去：给你。

有许多难以证实的传言，凤妈妈为女儿抢歌、抬价、经营关系，似乎不是一个令竞争对手喜欢的角色。演艺圈许多男性对凤飞飞的好感，也在凤妈妈的贴身保护下，一一被"打枪"。有如此强势的母亲，凤飞飞就像当年被鞭打之后仍独自反省，认为那是"爱的教育"，她是一个听话的女儿，全部听从母亲，收入也都交给母亲支配，生活十分节俭，也没有什么朋友。

她对妈妈最大的反叛，是1980年遇到香港商人赵宏琦之后，凤飞飞决定结婚搬去香港，退出歌坛，做一个家庭主妇，让丈夫实现每天回家都可以看见自己的愿望。凤妈妈虽然也中意这个女婿，但她说：能不能再唱两年？再赚两年钱？凤飞飞不肯。内向寡言的父亲说，27岁，也该嫁了，嫁吧嫁吧。这年年底，凤飞飞和赵宏琦结婚，退出歌坛。直到2003年复出开演唱会，相隔23年。

"永远要记住，讲凤飞飞，就一定要讲凤妈妈。"同时代的艺人高凌风说。这样的母女关系，似曾相识。1983年，作家廖辉英发表小说《油麻菜籽》，小说描写了一个含辛茹苦又专断强势的母亲，她一生为婚姻所苦，也因此保护、控制女儿的生活，让女儿承担起对整个家庭的责任。这篇小说技艺平平，当时却大受好评，被认为真实描写了那个年代的女性命运。

台湾记者粘嫦钰形容凤飞飞和母亲的关系是"爱恨交织"，她必须要离开台湾，才有可能离开母亲的控制，拥有自己的生活。但是，即使离开台湾，她也会回到台湾，帮助弟弟凤飞飚进入娱乐圈，可惜弟弟一直红不起来。凤飞飞又把弟弟带到香港跟丈夫做生意，仍然生意失败，凤飞飚于2003年因胰腺癌去世。

凤飞飞去世之后，娱乐圈的名嘴们纷纷在电视上讲述她的故事。对于她婚后的生活，猜疑纷纷。他们说，丈夫对她很好，可是她没有什么朋友，凤飞飞在香港的生活很孤单。在母亲保护/控制下的乖女儿，大概很难有复杂的生活。赵宏琦2009年因肺癌去世，当时的凤飞飞，十分悲痛。

她生前在接受采访时说："我平时是一个百分百的家庭主妇，可是到了舞台，就变成另一个人。"她曾拿到一首新歌，看过之后，大哭两个小时。这首歌的开头是："孤独站在这舞台，听见掌声响起来。"这就是有舞台的人，拥有另一度生命。

找一个自己的房间

人们谈起萧红,好像谈起古人。横在今昔之间的数十年,压扁为一面银幕,这个早逝的天才投影其上,成为二维图像,而我们是买票入场的观看者。观看、闲谈,事了归去,心满意足。

或者"才女"——中国文人专为女性划出的区域。这个词隐含了年轻、貌美、柔弱、情感等因素,把有艺术才能的女性制作成了蝴蝶标本,赏人如物,拒绝另一种理解:她们以写作为志业,严肃、孤绝,极其危险。

最迫切感受到这种危险的,应该是萧红那些同为作家的情人们。无论是当面,还是背地里,萧军都常贬低萧红的作品。一次,萧红睡觉时,听到萧军对朋友说:"她的散文有什么好呢?"朋友应:"结构也不坚实啊。"无须等到后世,当时的左翼文坛大佬鲁迅、胡风等就评论说,萧红的文学成就超越萧军。萧红与端木蕻良一路流亡到南方,端木在客人来访时翻开萧红的手稿，大笑说："这也值得写？"他翻开的是公认写鲁迅最好的文章《回忆鲁迅先生》。

从今天的观点来看，这是两段糟糕的感情。暴力、背叛、弃而不顾，亲密关系中最坏的部分分别上演。但这些对萧红文学才能的轻蔑，特别令人心酸与愤怒。被自己最信任、依赖的人贬抑，又是怎样的倔强自律，才能一直写下去，在个人生活的危机中，在战乱流离中，一直写。人们责怪萧军、端木对萧红的伤害，但他们值得一丝怜悯。和天才相处不易，爱情原本就滋生恨意，加上同行的竞争，他们按住她——这个苍白多病、光芒四射的"第二性"，保护自己可怜的自尊。

所谓天才，在于非常年轻就写出了可以传世的作品——23岁，《生死场》，30岁，《呼兰河传》，七十年后人们在阅读萧红，一百年、七百年后，只要人类没有灭绝、阅读汉语的人没有灭绝，人们还将阅读她。

所谓天才，还在于，从一开始，萧红就表现出了喷薄欲出的个人风格，各种文体直觉地混融，精细的观察、漂亮的比喻，和直扑描写对象的浓郁情感，她和想象中的世界有最近的距离。

"谁规定了小说一定要怎样写呢？"萧红对聂绀弩说。她把自己比作《红楼梦》里的香菱，为诗痴了。她又像香菱的老师林黛玉在说："这(写诗)有什么难的？"无论身体如何柔弱，个人生活是如何悲剧，提及文学，她们自信爽气。

对我来说，萧红是一个令人痛苦的作家。第一次读《生死场》，读到王婆卖马一节，大哭。多年后读到她死在香港时，喉管被切开，身边没有一个人，才31岁，又难以置信地泪流满面。她容纳底层的苦难、土地的悲伤，也许所有的痛苦都是相通的。既已无法为逝者分担，去理解她的痛苦与光芒，就是生者最大的道义。

十年前，我曾到过黑龙江呼兰县。5月了春天还没有来，江风浩荡，千里暮云。人们酒喝得厉害，食物味道很重。朋友说，想想祖先们在这么寒冷的地方生存，粗糙就粗糙吧。没有看到街上的大泥坑，倒是路过市集里的喝啤酒大赛，人们围看一个小伙子仰起脖子，啤酒流到他的嘴里像一个小喷泉。仿照小说建起的萧红故居，灰瓦白墙，地砖湿润整洁。院子里有一座萧红的雕像，穿着学生服，手托下巴，一派纯真的"五四女学生"形象。

仅有血缘关系、几乎没有来往的妹妹写文章说，那张萧红叼烟斗的著名照片，是闹着玩的，姐姐根本不会抽烟。事实上萧红不仅会，而且烟瘾很大。有一种说法是，20岁时怀孕的她被遗弃在哈尔滨旅馆，和妓女、无赖生活在一起，染上了鸦片瘾。如果说写作以黑暗和痛苦为食物，萧红被毒汁泡过的心，足够她写到八十岁。她才仅仅吞食了童年。

萧红19岁离开父亲家，此后即使四处求告，饿到想偷邻居的面包，她也拒绝回家。"五四"一代叛离家庭的，不可能是乖女儿。她们在当时是些"不正常"的人，也是时代的勇者。但是很快，她们就付出了比同时代男性沉重得多的代价。

我在大学时读鲁迅《伤逝》,对离家出走又在小家庭中郁郁而终的子君颇不能理解。有同学在作业里写:为什么子君不去找个工作?同为女性,今天我们接受高等教育、进入上升通道,视工作为理所应当。我们很难理解将近一百年前,公共空间没有女性的位置。出身地主家,萧红才有可能读书。而在中学,她就被父亲许给了军阀的儿子。要离开父亲,就是随另一个男人私奔。1937年,萧红再次离家出走——这次是和萧军的家,住在一家私立画院。两天后,萧军的朋友找到她,画院老板说:"你丈夫不允许,我们是不收的。"

男人。学者葛浩文恨铁不成钢地说,萧红太软弱,她无法独自生存,而她的男人们都在伤害她。即使当时,萧红的日本友人也不能理解,为什么萧红那么依赖萧军,她为什么要忍耐拳头、侮辱和背叛?她终于离开萧军,和端木蕻良在一起。友人S说,你离开萧军,朋友们都不反对,但是你不能一个人独立生活吗?萧红反应激烈:为什么我一定要一个人独立生活?因为我是女人吗?

朋友C问她:到重庆后,有没有想过离开端木?她说:"想是想的,可是我周围没有一个真挚的朋友,因为我是女人。男人和男人之间是不是有一种友爱呢?""为什么必定要男人的友爱呢?""因为社会关系都是在男人身上……在哪里都是有封建这个坏力量存在的。"

"女性的天空是低的，羽翼是稀薄的，而身边的累赘又是笨重的！而且多么讨厌呵，女性有着过多的自我牺牲精神。这不是勇敢，倒是怯懦，是在长期的无助的牺牲状态下养成的自甘牺牲的惰性，我知道；可是我还是免不了想：我算什么呢？屈辱算什么呢？灾难算什么呢？甚至死算什么呢？我不明白，我究竟是一个人还是两个，是这样想的是我呢，还是那样想的是。不错，我要飞，但同时觉得……我会掉下来。"

这段著名的自白，迷惘、沉痛，但又如此诚实。又如何能苛责萧红的软弱？想想她成长在一个冷酷的家庭；想想她19岁时第一次尝到情人的背叛，私奔到北京，却发现对方有妻有子；想想她21岁时带着身孕困在小旅馆（女人的生育功能，无论在此时，还是在战乱中，都是一种诅咒），看松花江发起大水，付不出房费，也无路可走；生了孩子却只能送走，没有条件休养身体因此留下病根……经历了这种种困苦，委曲以求一个安定的生活，也许是最可以理解的选择。再想一想，这一切悲剧随生命终结的时候，萧红才31岁，而我们每一个人31岁时，还在犯着多少愚蠢的错误。即使在今天，中国的女儿们仍然背负着重重历史债务。自由从来不容易，不是一个姿态，一个手势，自由是永恒地克服重力，挣扎着向上飞行。

娜拉出走之后，怎么样？萧红短暂的一生，都在回答这个问题。而另一个问题是：一个写作的娜拉，要往哪里去？

福克纳曾对马尔克斯说，作家需要独处，也需要群居，因此最适合的居所是妓院，上午寂静无声，入夜欢声笑语。马尔克斯穷困潦倒的时候，还真的在妓院住过一年，随后，就找到妻子，帮他料理家务，整理手稿，让他在自由幻想的同时，保有和现实世界的联系。然而这是男作家的特权，对女作家而言，是弗吉尼亚·伍尔芙在1928年说出简单至极，却从未有人说过的真理：女人要想写作，得有钱，有不被打扰的房间，而仅仅这一点，就够难了。

1928年，萧红17岁，她读的是鲁迅的《呐喊》和茅盾的《追求》。两年后，她离家出走。她摔上背后的门，面前是一扇扇紧闭的门，每一扇门背后都是一个男人。她进入一个又一个房间，为男人料理家务，左手替他们抄写手稿，右手写下自己的近百万字作品。

人们通常都忽略了萧红的力量。文学史上，她是左翼文学阵营的一员、鲁迅的学生，文化消费市场上，是她戏剧性的情感故事，但是离开了作为女性、作家的自觉，是无法理解萧红的。1936年，独自坐在东京的夜里，她写信给萧军说："我始终把写作放在第一位是对的。"她像另一个天才张爱玲一样，意识到自己毕生的使命，都将是发展自己的才华。

1938年，萧红在战争中流亡到山西临汾，三角恋爱的另外两个主角萧军和端木同行。萧军决定参加抗日义勇军，萧红却认为，他是一个作家，理应写作，而不是打仗。她拒绝去延安，和端木一路南行，梦想的只是一个安静、可以写作的空间。在临汾，以及之后在西安的时光，实在意味深长，它是左翼知识分子的岔路口，日后争论不休的政治与文艺的关系，必须在这里做出选择。萧红是左派，她同情弱势者，认同文艺与现实的关系，但是和左翼阵营的其他作家（包括丁玲）相比，她是素朴的左派，坚持写作的独立性，对权力、对意识形态的争斗没有兴趣。

早逝的萧红绑在左翼战车，受到不完整的肯定。时过境迁，左翼文学引起普遍反感，商业和城市化导致张爱玲报复性的流行。但是时代再一次变迁，萧红的价值会被发现。她当时的选择，无论是文学上，还是政治上，都经得起考验。

假设她活下来，作为一个左翼作家，萧红不可能到台湾。她也许会在丁玲的召唤下回到大陆，活不过"反右""文革"。也许她会直觉到政治对生活的全面控制，从而远离政治中心，继续留在香港。不管怎么样，她去世时距离1949年，还有七年。对一个勤奋的作家来说，七年可以完成很多作品。可是这都是假设，历史没有给萧红、给中国现代作家太多机会。

1942年1月19日，日军已经攻陷香港，萧红躺在一家临时医务站，喉管被切开，她要来纸笔，写下："我将与蓝天碧水永处，留得那半部《红楼》给别人写了。"

半部《红楼》是什么？她去世前曾经计划着写一部长篇："内容是我的一个同学，因为追求革命，而把恋爱牺牲了。那对方的男子，本也是革命者，就因为彼此都对革命起着过高的热情的浪潮，而彼此又都把握不了那革命,所以那悲剧在一开头就已经注定的了。"

也许她决定要开始写爱情了,也许她会借着写作,反思革命与个人的关系,也许她已经有能力把个人的悲剧与时代的动荡结合在一起,她真正要成为一个大作家了,但是生活本身却是那么令人痛苦,补偿的那一天永远不会到来,她继续写下:"半生尽遭白眼冷遇,身先死,不甘,不甘。"三天后,萧红去世。

诗人张枣之死

"只要想起一生中后悔的事／梅花便落了下来。"写下这个句子的时候，张枣距离22岁生日还有两个月。他对这首名为《镜中》的诗没有太大信心。在一个深秋的黄昏，他带着钢笔写成的诗稿去找好友、诗人柏桦。柏桦看了之后，郑重地对他说，这是一首会轰动大江南北的诗。

2010年3月8日，张枣去世之后，他的诗歌被记起。以诗歌在当代中国的边缘地位，恐怕再无"轰动大江南北"的可能，但这首《镜中》仍然传诵出了诗歌小圈子。当柏桦作出这个预言时，张枣张大眼睛，犹豫着，半信半疑。他一直不能理解：《镜中》太浪漫，不如自己其他的一些诗歌那么成熟，技巧高超，为什么会如此受欢迎？但是就像戴望舒的《雨巷》、徐志摩的《再别康桥》一样，这种"为赋新词强说愁"的青春感伤，天然地具备了流行的元素。诗中勾连起传统的意象，意境圆融，诗句清晰干净，非常现代，让读者觉得又是熟悉，又是陌生。更何况诗人如此年轻。

这首诗,是带着天才的气息被创造出来的。

22岁的张枣,被柏桦这样形容:"梦幻般漆黑的大眼睛闪烁着惊恐、警觉和极其投入的敏感,复杂的眼神流露出难以形容的复杂,因为它包含的不只是惊恐、警觉和敏感,似乎还有一种掩映着的转瞬即逝的疯狂。他的嘴和下巴是典型的大诗人才具有的——自信、雄厚、有力、骄傲而优雅,微笑洋溢着性感。"

在照片里,在许多人的回忆中,张枣似乎是当时诗歌界的青春偶像。他清瘦英俊,穿着不俗,眉间是少年意气风发,英文系研究生,不到22岁就写出了《镜中》《何人斯》这样不凡的诗作。

在当时的重庆,四川外语学院和西南师范大学有两个诗歌圈子,前者以张枣为首,后者以柏桦为首。柏桦回忆说,张枣在这两个圈子里欢快地游弋,最富青春活力,享受着被公认的天之骄子的身份。他那时不仅是众多女性的偶像,也让每一个接触了他的男生疯狂。

张枣很清楚自己的魅力,才华与知识于内,自信自如的人生游戏于外,青春适得其所。一天深夜,柏桦在张枣的房间谈起他的一位女性教师朋友,张枣突然很肯定地说,你信不信,我会让她几分钟内迷上我。柏桦颇不以为然,赌气似的,让他去一试身手,其结果令他震撼,"他就这样轻盈地送上了对我的承诺。"

这两个诗歌圈子，渐渐形成了自己的诗歌主张。当时的诗坛，仍然是北岛、舒婷等"朦胧派"的天下。他们的诗作在1979年被官方媒体刊登之后，引起冒犯性的争议，也赢得了全国范围内的声誉。但是"朦胧"并非诗人们自发的美学主张，其后要怎么发展？而他们的诗作也受到了后起诗人们的质疑。

1983年，张枣和柏桦刚刚到达重庆的那一年，被张枣称为中国诗歌的间歇之年："朦胧诗"势头减弱，新的声音和浪潮即将出现。年轻的重庆诗人们把中国当代诗歌划为三代：1949年至"文革"是第一代人，起始于"文革"的北岛们是第二代人，而他们是第三代人。

"第二代"中许多诗人来自政治中心的北京，又经历过"文革"，承担了太沉重的国家、民族命运，这让南方的才子们感到诗歌场域的强烈不协调。相比起政治抗争，个人体验是更重要的文学生命，他们认为。1984年，张枣和好友傅维谈起，"上一代人"也就是北岛他们的诗歌，仍然是"英雄主义"的集体写作，与国家政治联系过于紧密，而正在汹涌而来的诗潮是"极端个人化写作"的现代主义诗歌。

这样的批评当然是有道理的。今天的北岛也常常反思自己早期的许多作品，在许多场合，他都拒绝朗诵众所期待的《回答》，认为其中的语言暴力，事实上是承接了革命话语。诗歌要往前走，必定要走入个人，走入内心。但从另一个角度,这个粗糙的断代显然出自年轻的诗人们的焦虑。北岛一代的声势实在太大,他们克制不住弑父弑兄的冲动。

这两代人微妙的关系,在1985年早春北岛的重庆之行中体现得淋漓尽致。

那是一个雨夜,谈话在四川外语学院张枣昏暗零乱的宿舍进行。柏桦回忆道,北岛的外貌在寒冷的天气和微弱的灯光下显出一种高贵的气度和隽永的冥想。这形象让张枣感到了紧张,他说话一反常态,双手在空中夸张地比画着,突然发出一阵古怪的笑声,并词不达意地赞美起了北岛的一首诗。

而同样在场的傅维则记得,谈话在略显拘谨的氛围中展开,寒暄一阵,张枣率先打开了僵局,他对北岛说,我不太喜欢你诗中的英雄主义。北岛听着,好一会儿没说话。听张枣说完所有的看法,北岛没有就张枣的话作出正面回答,而是十分遥远而平静地谈到了他妹妹的死,谈到他在白洋淀的写作,谈到北京整个地下诗坛的状况,最后说,我所以诗里有你们所指的英雄主义,那是我只能如此写。

接下来,北岛也读了张枣的诗,当即表示比较喜欢《镜中》和其他几首。张枣不再紧张了。

这场"第二代"与"第三代"的见面只是开端。1991年,《今天》

在海外复刊时，北岛邀请张枣做诗歌编辑。当时二人都"孤悬海外"，同病相怜，却也藏着更深的分歧。

张枣1962年生在湖南长沙，从小和外婆住在一起。外婆是从"旧社会"过来的少数读过书的老人家，她有一本《白居易诗选》，锁在装粮票和钱的柜子里，有空就拿出来读。张枣说，她读了很多年，最后都被翻烂了。

外婆还喜欢另一个诗人，杜甫。她当时在一个汽车修理厂值夜班。十岁的张枣和外婆一起睡，小孩子夜里不老实，老是踢被子。早上醒来后，外婆说，真是"娇儿恶卧踏里裂"啊！张枣不明白这是什么意思，外婆告诉他，这是杜甫《茅屋为秋风所破歌》中的句子。张枣不能完全明白这首诗，但是他一下子就觉得了"娇儿"这个词用得太好了，"一下子呈现了我和外婆的关系。"他疑惑，为什么这样一个平常的动作也会变成诗歌？好像变得不太一样了。幼小的他并没有想到要当诗人，只是觉得自己的世界被照亮了。

张枣的爸爸是一个诗人，他常常用俄语给他念普希金。尽管语言不通，韵律不同，自由的形式不同，但张枣一样感到了诗意。

早年的家庭教育，使得张枣和同龄人相比，接受了较好的文学营养。因1949年之后中国的文化革命、对外来文学的选择性接受，即使对于1980年之后开始写作的诗人，中国古典传统和国外文学的交融往往也是成年之后的事。张枣却幸运得多。评论者常常指出，张枣的诗歌"古风很甚",古典与现代交融了无痕迹。这和他的童年教养是分不开的。

1978年,16岁的张枣考入湖南师范大学外语系少年班。1983年考入四川外语学院研究生。他选择了英语,日后,他赴德国读书,德文相当好,还可以用俄语读原诗。他用西方诗歌的技巧,在汉文化中选择题材,视野非常开阔,谈起这个话题,张枣曾对傅维冒出一句湖南话:这下我用的武器就先进了撒,晓得不?

在重庆度过了几年,诗歌、友情、青春,飞扬的岁月,张枣创作出了《镜中》《何人斯》这些早期的代表作。1986年,他随德国女友赴德国读书。

关于在德国的生活,张枣给上海诗人陈东东的信里写道:"我在海外是极端不幸福的,试想想孤悬在这儿有哪点好?"他说起物质上的窘困,"几乎不能动,不能旅行,甚至不能出门,因为我现在能用的钱,只相当于你们这里的人民币70多块。"那是1991年。

更难以忍受的是精神的寂寞。"住在德国,生活是枯燥的,尤其到了冬末,静雪覆路,室内映着虚白的光,人会萌生'红泥小火炉,……能饮一杯无?'的怀想。但就是没有对饮的那个人。……是的,在这个时代,连失眠都是枯燥的,因为没有令人心跳的愿景。……于是,趁着夜深人静,再独自闲饮。这时,内心一定很空惘,身子枯坐在一个角落里,只顾早点浸染上睡意,了却这一天。"

和热闹鲜活、友朋相伴的中国相比，德国是要寂寞得太多。这里不再有诗友间的互相激发，也没有掌声随时在侧，甚至婚姻生活也不顺利。张枣烟抽得很凶，开始酗酒，每天晚上都要喝醉，才能入睡。

1996年张枣回国，他赶到北京傅维住的东城区炮局胡同，一见面就说，哎呀弟弟，找个地方我先睡一觉。几乎是话音一落，倒在床上，呼噜就睡过去了，鼾声之大，几乎可以掀翻房顶。傅维看着床上那人，几乎都认不出来了，发胖，谢顶，鼾声如雷，哪里还是以前那个美男子张枣，顿时感觉有点黯然神伤。

与此同时，诗歌之于中国社会，也发生了巨大的变化。不再是1980年代，文化处于中心位置，诗歌已逐渐被边缘化，诗人不再成为明星，而中国的物质生活却迅速丰裕起来。诗人钟鸣形容说，革命和金钱教育了一代人，代价惨重，前者破坏了诗人和历史最幽暗的部分，后者破坏了诗人和文学——乃至书写——最纯洁的关系。

傅维在张枣写出杰作《早晨的风暴》之后，认为倚天已出，无以争锋，渐渐怠惰了诗艺。后来，他开始从商——这也是许多诗人最后的选择。他写信告诉张枣自己的变化，在回信中，张枣写道："我赞同你说的生活之重要，甚至生活先于艺术。……我个人亦想回国干，国外这些年，固然给了我无价之宝，但生活与艺术的最终完善，只能在祖国才能进行。它有活泼的细节，它有不可选择的无可奈何的历史过程，应该去参与，不管用哪种方式。总之，生活，有趣的生活应该是生活本身唯一的追求。"

张枣开始常常回国。他几乎是贪婪地品尝着生之滋味，似乎要补足在德国时的寂寞空间。陈东东的岳母说，"张枣这个人真是滑稽，嘎滑稽，馋得不得了。我从来没见过这么馋，这么喜欢吃东西的人。"从德国每次飞抵上海，从机场并不直奔岳母家（他第二任妻子是上海人），而是让出租车停在离那儿不远的一家南货店门前，拖着箱子跨进店堂，欣喜地抚摸着每一只火腿，每一块腊肉，每一捆香肠，这儿闻闻那儿嗅嗅，打听每样东西的价格，但是忍住不买。直到飞回德国前一天，才扑向南货店大买一气。每次帮他打行李的时候，陈东东都会很不耐烦，已经装不下了，还要多塞些鱼干、腊肉、糟鸭、熏肠、老干妈辣酱什么的。"回德国这可要吃上半年呢……"张枣总会说。

傅维记得有一次，张枣把青椒皮蛋送进嘴前，无比温柔地说：让我好好记住了这细腻丝滑还有清香，我们再说话，可好？

张枣热爱红尘。而德国的生活却不太如意。北岛到柏林参加活动，去张枣教书的图宾根看他。张枣丢了工作，外加感情危机，家里乱糟糟的，儿子对着音响设备踢足球。

张枣那时已经很少写诗了。1998 年，德国汉学家、作家顾彬和张枣约好，他为张枣翻译、编辑出版一本德文诗集，而张枣为他翻译出版一本汉语诗集。顾彬为此推掉了自己的工作，第二年，张枣的德文诗集《春秋来信》出版。而顾彬的诗集呢？张枣翻译了还不到一半。顾彬不无抱怨地回忆说，他总有各种各样的借口，说我的诗很难翻译，他的诗不是更难翻吗？

张枣不停给顾彬打电话，一边解释，一边邀请他到大连旅行。他说，一切费用都有人赞助，还暗示那里会有女孩，可是对于顾彬这样的加尔文教徒，这些物质色欲都不值一提，唯有工作、创造，才是最重要的。他因此与张枣分道扬镳。

2004年，张枣开始在中央民族大学教书。2006年彻底搬回中国。看起来，他选择了滋味浓重的生活，但是更为严肃的北岛却不认同这个选择。

北岛经历了漫长的流放生涯，曾在北欧孤独的永夜难以入眠，但是他说，他感谢寂寞，让他完成了生命的沉潜，没有淹没在国内的虚华之中。他觉得这是诗人、作家必过的关坎。在张枣回国前，北岛曾经和张枣通过几次很长的电话，他深知张枣性格的弱点，他认为，声色犬马和国内的浮躁气氛会毁了他。他对张枣说，你要回国，就意味着你将放弃诗歌。张枣完全同意，他说，他实在忍受不了国外的寂寞。

张枣去世之后，诗人们评论他的诗歌成就，回忆他才华飞扬的青春——逝去的人很容易成为神话，却很少提及他最后的日子。只有在只言片语中，表达些许惋惜。张枣在纵情"生活"，也仍然热爱诗歌，谈论诗歌，但是写作需要更大的意志、更严格的纪律，无法创造，让他更觉压力，也更加投入"生活"。钟鸣说，他后期生活的紊乱，证明了他的绝望与放弃，同时，也证明了原来对他期望很高的人，也完全放弃了他。

2010年3月8日，48岁的张枣因肺癌去世，留下八十首诗。顾彬写讣闻说，他是一个天才，但他没有珍惜自己的才华。

在高山前，盖一所木屋

一

我还以为我们是来学做桌子呢。雪莉慢悠悠地说。

雪莉的短发像雪后的蓬草一样，皮肤则是另一种白，细腻雅致，好像从没受过风霜日晒。细密的皱纹分布在嘴唇四周，无论讲了多么精彩的笑话，她的嘴唇总是紧紧抿着，和想要绽开的脸部肌肉对抗。两颊微小地收缩着，笑意只在眼睛里闪烁，雪莉像个狡黠的巫婆。此刻，她就这样笑嘻嘻地，站在竹床旁边。

这句话显然引起了共鸣，坐在竹床上的女人们一阵大笑，像强烈阳光下腾起的灰尘。对啊，对啊。我们说。

呃。站在竹床对面的辛西娅仍然保持笑容,嘴唇直咧开到耳朵边,露出健康的上牙龈。她正在解释今天的工序,突然被雪莉打断,笑容有点僵住,歪着脑袋,眼神垂到地面,似乎在想该怎么回答。辛西娅是工作坊的老师——一个女木匠,在沾满泥垢的土黄色衬衫里,找不到身体的轮廓。她非常瘦。但是你想象不到她挥锤子的时候,会多么有力。

我的意思是,第一次学木工,居然就学造房子,天哪。雪莉已经换上了太阳帽、紫色长袖衬衣,微微驼背,双手背在后面,握着锤子。

其实,造房子比造桌子简单多了。辛西娅想好了答案,收起笑容,眼神确定地停留在我们身上。

所有人都被这个答案镇住了。真的吗?

三个月前,当我报名木工工作坊的时候,像雪莉一样,没有想到是来盖房子。同事问,你们结束的时候,会做一个东西吗?我说,可能吧,做个板凳?同事说,难道不能做个好看的东西吗?比如说……花瓶?我不知道做一个木花瓶是否明智,但是毫无疑问,在我们的想象中,木工,是做家具,是为了装饰,是好看的小东西。

直到昨天,我从上海出发,经过清迈,坐车来到这个泰国北部的乡村——清道。今天清晨,蹲在皮卡的车厢里,卡车停在一片芒果林,我们像一堆土,被下在了工地。林中的坡地上,立了十根高低不一的混凝土柱子,像梅花桩一样——我们要在这里盖一座木屋。

真的,造桌子很难,造房子,很容易。辛西娅又强调了一遍。

早晨的清道,凉爽的夜晚和暴烈的白天正在交替。还有最后一丝凉风,穿过茅草搭的工棚。一天当中干活的黄金时光,很快就要过去了。

也许就把桌子留给高级班啰。雪莉没有忘记终结自己的话题。

二

工作坊十六个成员,白人占了一半,剩下的一半亚洲人当中,中国人又占了一半。——正符合当前的国际情势。

对于即将开始的体力劳动,小燕非常紧张,她说,你看这些白人,咱们肯定拼不过她们。不错,大部分白人姑娘都很强壮。有一对法国姐妹,胸部像两个排球,走起来像一片山在动。就像小人们喝了药水,瞬间长大,只不过当我们都停止了,这些白人姑娘又多长了一秒,也许两秒。更重要的是,她们对待体力工作毫不含糊。直接地抬起发电机,直接地拿起锯子,好像理应如此,没有丝毫犹豫。白人和咱们是两个物种,小燕惊叹。

所以,在工作坊的第一天,当她们在太阳底下、水泥柱子之间忙碌的时候，我很自然地没有加入，和另外一队人，蹲在坡上的阴凉处，学习如何磨凿子。

我的凿子是在泰国买的，透明的红色塑料柄，长方形的钢刃。在磨砂石上洒一层水，一手握柄，一手固定刀刃，稳定地磨，等刃上立起细细的钢粒，再磨反面。如此三轮，才算合格。我一边磨，一边想，磨凿子要用来干吗？也许这就是中文里说的，工欲善其事，必先利其器……突然听到坡下有人喊道："我们这儿需要壮劳力！"我左右一看，没人响应，其他三个中国女孩都很瘦弱……我不由自主跳起来，走下坡去。

原来她们正在挖坑，把最后两个水泥柱子埋进去，完成所有的地基。这里的泥土是红色胶土，非常坚硬，因此挖了一半，即使白人姑娘们，也要力竭了。我拿起铁锹——这铁锹也不同于中国北方，柄是全钢、螺纹的，锹头很窄，像矛一样，人要把锹往下掷，用铁锹自身的重量，刺破胶土，翻起来，然后把浮土舀出坑外。铁锹非常重，只十来下，胳膊就已酸胀，无力提起。我和美国的丽萨轮流。丽萨是两个孩子的妈妈，她有着中年妇人扎实的体型，坐在坑边，一声不吭，只顾一下一下把钢锹往下扔，坑里发出闷闷的声音。几轮下来，我感到虎口疼痛，原来已经起了水泡。我换了一把木柄铁锹，较轻，但落在坑底，只能溅起一些土点儿。我生怕被丽萨发现自己没有力气，使劲砍削着坑的边缘。——丽萨并不理我，只是闷头投掷着最重的铁锹。

半小时过去,用卷尺一量,不过深了五厘米。而我们需要挖到一米五。太阳已经升到头顶,空气像滚烫的沙子,一点风也没有。皮肤开始发烫,汗水流了满脸。大脑和身体一样,变得呆滞了。我爬出坑,到坡上喝水。另一队人仍蹲在地上磨凿子。小燕抬头看见我,问,你行吗?我点点头,又下坡了。

傍晚,一天的工作结束了,水泥柱子终于埋了进去,房子的根已扎定。回到民宿的小木屋,我用仅有的力气洗完澡,爬上床,身体沉重得像水泥,没有一处可以动弹。唯一的动作是时不时地哼哼一声,好像只有这样,酸痛才会减轻一分。

小燕坐在旁边,跟朋友用微信聊天,大头今天干了重活,累坏了。朋友问,怎么了?小燕说,她要为国争光。朋友说,她们PKU的人就是这样。

小燕转回头说,明天可别这样了啊,悠着点,还有九天呢。

我只能回之以哼哼。

她又说,你要知道,白人跟咱们不是一个物种的。

第一天的体力劳动之后,我已经无力思考,昏昏沉沉地睡了。

三

主办工作坊的组织,叫作 International Women For Peace(国际妇女和平组织,简称 IWP)。IWP 的创办人之一 Ginger,是一个短发、英俊的美国人。她说,读大学时,她对美国的政治很失望,于是毕业后迁到泰国,和泰国的妇女组织工作者韦朋共同创办了 IWP,至今已经十三年了。

Ginger 说,社会运动非常漫长,我们想要的目标,都要经过很久的努力才能达到,甚至无法达到,但是做木工,在十天、一个月内,看着一样东西在自己手里完成,会让人有成就感——这是一种"疗愈"。

这也是 IWP 中 P(Peace)的由来,让那些在社会运动中、生活中受伤的女人们疗愈,获得"内在的平静"。为了达到这个多少有点"东方"的境界,方法是同样东方的瑜伽、禅修、佛学。去年,IWP 贷款在清道买下一块地,想建成农场,变成全世界女性主义者的疗愈基地。现在,我们正在亲手建起农场的第一座木屋。

在唯一的重体力活——挖坑——结束之后,我发现,最大的鸿沟不是体能,是语言。

不用说,我们的通行语言是英语。即使亚洲人中,大部分也都是流利的英语使用者。来自马来西亚的 Meichern,戴着眼镜,平时不太说话,总是微微躬着背，双手垂在前面。Meichern 是华人——父亲是海南人，母亲是客家人，但是，家里送她读马来学校，所以，她不会中文，只会说马来语和英语。她说，我也自学过中文，但是太难了，太多线了。

几个中国人笑得停不下来，重复了好几遍"太多线了"。

我问，Meichern，你的名字，应该是有中文的，是不是？

她说，是。

是美晨吗？

她茫然，我不知道，我爸告诉我，是选择的意思。

我们交头接耳，然后问，是美择吗？

她说，我不知道……有很多线吗？我就记得有很多线。

白人中，除了辛西娅专程从密苏里州飞来，其他都已定居在泰国。丽萨和佩吉在附近的有机农场工作，教人们如何进行有机耕作、制作有机产品、盖泥屋，她们的口号是"吃好，住好"（Eat well, live well）。雪莉在曼谷的大学教书。胖胖的法国姐妹中，姐姐拉提莎非常幽默，她说笑话时瞪圆眼睛，滴溜一转，没有人能忍住不笑。妹妹奥勒莉原本在出版社做校对，她逻辑缜密，情感不像姐姐那么外露，但是同样爱说笑话。拉提莎曾在海牙国际法庭做人权律师，三年前为了 Ginger 迁到泰国，她们在清道举行了一场婚礼。去年，妹妹也辞了职，搬来清迈。她正在找工作，至于找什么样的工作呢，她说，有意义的。另外一位法国姑娘艾斯特拉，曾经是拉提莎的同事，她对法国的政治环境感到失望，搬到泰国，宣称要把盖房子作为自己的政治实践。

每天早上到工地，辛西娅用英语向大家解释，今天要做什么，怎么做。说完之后，她询问的目光掠过每个人，有问题吗？短暂的沉默之后，欧美人会提两三个问题。没有亚洲人提问。我很想提问，但不知道问什么，因为完全没有听懂。木工的英语，似乎比平时还要难。

辛西娅发令，好了，没有问题的话，我们开始工作啦。大家四散开，法国人用法语交流，泰国人用泰语，中国人凑在一起说中文：原来都没听懂。只好再问辛西娅。

第二天，辛西娅拿了一张白纸，画图演示。第三天，又拿来木头示范，说英文的速度也慢了很多。我紧盯着她的动作和口型，这才明白，听不懂的英文里，有很多术语。我们像中学英文课一样，重复着这些单词，原来这是梁，这是柱子，这是龙骨。

很快，木工自身的语言浮现了：数学和实践。只要在木头上比画，辅以简单的英文，这样，这样，对吗？辛西娅拿起凿子，说着客气的句子,你介意(我给你演示一下)吗?当然,当然,我一边把木头让给她,一边说着考试时会扣分的英文。

一旦建立起有效的沟通,木工并没有那么难。善于心算的中国学生甚至可以很快指出,刚刚计算的两个数字不符。辛西娅眼睛一亮,你知道吗,你说得对!我刚才算错了!

房子的结构该怎么建呢?辛西娅继续解释,常见的情况是,我们把柱子、梁切好,用钉子全部钉起来,可是,怎么说呢,我更喜欢这样。她画了一个有凹口的小方块,又画了一个有凸起的小方块。

噢,就是榫卯结构!中国人热烈地说起了中文。这可是中国的传统——尽管我们并不真的了解它。

四

我和小燕分到一根柱子,标号C。在未来的房子里,它位于南墙。像我们所有的建材一样,C拆自一所旧房子,已经晒得发白,有旧的槽口,雨水留下的渍,虫蛀过的洞,还有不知哪里来的墨痕。首先,我们选择最干净平整的一面,确定让它朝外,写上"face"。然后,我们测量、计算槽口的位置。

小燕让我想到一些知青小说,小说里无论善意或恶意,总会出现一个上海女孩或男孩，他（她）像漫画人物一样，在农村生活里格格不入。现实也果真如此。小燕的妈妈从上海到江西插队，她挑着扁担回公社，担子里的粮食只有别人的四分之一。走到一半，她晕倒了。上面看她体弱，把她调到炊事班。她不干：我在家都从来没有伺候过人，你让我给人做饭！别人告诉她，炊事班是最轻松最有油水的。她恍然大悟，留在炊事班，直到回上海。

小燕出生时，妈妈没有奶水，长大后她吃什么都不胖，身体薄得像张卡片。一个地道的城市女孩，想到下地、做体力活就恐慌，但是，每天的工作结束之后，不管多累，都必定要洗澡、洗衣服。第二天，穿着干净的衣服去工地。

力气活的确不是小燕擅长的。锤子拎起来太重，电锯推到一半压不住，在木头里危险地乱飘。可是她逻辑清晰，爱动脑子，总在想有没有更省力的办法。辛西娅说，要在柱子两头凿出槽口，把底梁和顶梁嵌进去。小燕问，能不能用锯子，两边一锯，槽口就出来了。辛西娅说，凿好之后，再用凿子把槽口修平。小燕脑子一转，如果有刨子，不是更好？尽管没有刨子，锯子也不好使，但小燕很得意：如果在古代，我就是发明工具的人。

因此，测量、计算也多半是小燕的工作。我们很快在C上画好线，等着法国女孩艾斯特拉统一核查，再动手凿。

艾斯特拉穿着橙色背心，穿着宽松的条纹收脚裤，清晨搭着一条围巾（在工地上围围巾！），中午解下来，露出宽平的肩膀，和晒得发红的皮肤。她像是来参加一个露天音乐节，而不是盖房子。

但是核查起数字来，艾斯特拉又的确像法律专业人士。她蹲在地上，拿着两个角尺，绕着柱子上上下下地量，嘴里嘟哝着法国口音的英语。小燕露出不耐烦的表情，她不能理解，为什么艾斯特拉量了木头的长度，又量了其中一段，居然还要量剩下的长度，法国人不会减法吗？我焦虑的是，我们要在今天凿好所有的槽口，现在只剩半天了。艾斯特拉把两把角尺翻了过来，抬头说，短了一毫米。

一毫米？

可能也行，我不知道。艾斯特拉耸着肩膀，两个嘴角往下撇，像胡子一样。

一毫米，应该没关系吧。我们说。

我不知道。艾斯特拉端着角尺，两手捏着尺寸，捏着绝对的精确。我们烦恼地蹲在一旁，看看她，又看看木头。木材经过了日晒雨淋，早已改变了，平面不平，直角不直，一毫米，该如何消灭一毫米的误差？

辛西娅跨过横七竖八的柱子，大步走过来，蹲在旁边。

艾斯特拉说，短了一毫米。

辛西娅说，一毫米完全没问题。

艾斯特拉说，我不知道。两个嘴角仍在往下撇。

辛西娅说，一毫米完全没问题，两毫米都行。她又说，这不是做桌子，盖房子不需要那么精确，差一点没关系。说完，她站起来走了。在到处是新手的工地上，到处都需要她。

艾斯特拉说，我不知道……也许你们锯的时候可以少锯一毫米。

坡底的空地上，塑料布搭成了凉棚。柱子抬到阴凉地，大家或蹲，或是坐在柱子上，埋头凿槽口。锤子撞击凿子、凿子撞击木头，"砰砰"作响，木头时或噼啪裂开。十米外，发动机轰鸣，电锯开动了，齿轮旋转着，击入干硬的柱子。从前觉得尖利刺耳，现在却觉得，这是可以理解的声音。

锯，无论手锯，还是电锯，是一个坚定有力的行动。相比之下，凿，是一个精细活。要观察、测试木头的纹理，否则，可能会凿得太深，或是凿得太慢。一开始大力、粗率地破开木头，到后来，仔细、耐心地修到合适的尺寸，修得平整。

我们的柱子似乎特别坚硬。凿开干裂的表面，出现一块墨绿色的结，一凿子敲下去，就滑开了。韦朋说，在泰国，这被称为树的眼睛。我小心地凿着，越到深处，越是坚硬，摸上去致密光滑，好像要成为玉了。

小燕说，让我凿一会儿吧。

我说，我凿吧，我力气大。

小燕说，让我凿一会儿吧。

她语气里有些东西，让我停下来，把凿子递给了她。

小燕蹲在柱子旁，捡起一个轻巧的锤子，对准凿子，敲击起来。好像一个小鸟，在轻轻地叩树皮。叩叩叩。

太阳已经快到山边。佩吉完成了，大家羡慕地看着她的槽口，干净细腻，有湿润的绿意——她的木头还很年轻。

我们的柱子也只剩最后一个槽口了。我在旁边心焦不已，恨不能抢过凿子，凿平树的眼睛。我说，还是我来吧。

小燕不说话，仍然叩叩叩，收效甚微，但非常坚持。

这几天，小燕一躺下就睡着，一下工就饿，每顿吃两盘米饭——这在以前都是不可能的。失眠、心慌、低血糖、颈椎病都消失了。她喜欢木工，因为木工要靠脑力。对于体力活，对于我们的分工——她动脑、我做力气活，小燕也有了新的看法。我认为，这是最有效率的方式，我们是一个团队，应该分工。但是这一天，小燕拒绝了这个理由。她宣布说，她也要做体力活。她又想了想，说，效率不是最重要的。

小燕的汗水滴在了地上，细细的胳膊挥动锤子的幅度越来越小。我蹲在旁边，焦急地盯着她的每一个动作，担心锤子掉下来，更担心我们无法按时完成。槽口的尺寸凿好了，小燕放平凿子，小心地推着，把凸起的部分削掉。

收工了。小燕站了起来，仍一手拿着锤子，一手拿着凿子。她看着自己凿出的槽口，眼神不舍得离开，哇，真好看啊。这一天过得真快啊。她欢快地叹了声气。

五

从工地坐车，沿着乡间公路，路边是两排又高又直的柚树——这是极好的木材，我们的柱子就是柚木。柚树后，是一大片橡胶林，每棵树上都割开口子，系着一个黑色小桶，接白色的橡胶汁。大约十分钟，就到了我们的民宿。那是一片低矮的红毛丹林，散落着七八间木屋，红毛丹林的另一边，是一条小河，远处是低矮的山。

夜晚，吃过饭，我在餐厅要了一瓶啤酒，边喝边看手机。餐厅不过是八根柱子、由柚叶叠成屋檐的亭子。沉寂的夜晚，只听得到远处的狗叫，风吹树叶的声音。炎热的一天结束了，劳作也结束了，餐厅里凉爽、闲适。更重要的是，这里信号最好。

雪莉路过餐厅，又折回来，在桌子那头对我说：你看看月亮，看看天空，别看手机！又从胸腔发出"咳"的一声，似乎恨铁不成钢。

雪莉也未免太喜欢做老师了，我想。有天中午休息时，我嫌房间里太热，躺在吊床上看书。雪莉从小河的方向走来，我跟她打招呼，她挤挤眼睛：我就提醒你一下，小河在召唤你。

但我也习惯于做个好学生——我摁灭手机，为自己仍留恋互联网的破碎信息而不好意思，情急之中说：我在跟家里人说话！

哦？雪莉停止了责怪的语气，坐在了桌边。你家人在哪里？

我爸妈在甘肃，我弟弟在北京。

你有弟弟？

对，我有一个弟弟。

可是，你们不是一胎化政策吗？

是。不过我弟弟出生的时候，政策才刚刚开始。我暗暗想，终于有一个稍微了解中国的美国人了。尽管这里的白人都很好，但是很少人对中国有兴趣。有一次，艾斯特拉问小燕，上海是中国的吗？是大城市吗？

刚刚开始……会怎么样？你妈受惩罚了吗？

有啊，我妈没有产假，休息了一个礼拜就去上班了。

雪莉的表情很凝重，真惨，你妈妈会不会常常讲起这件事？

这件事？

对啊。过去的故事，回忆……这件事对她一定伤害很大……

我吁了一口气，放下了手机。当然了，她常常讲过去的事情，常常回忆，不过不是这件。我用英文磕磕巴巴地讲起母亲的故事，她是地主家的女儿，土改中被抄家，变成孤儿，在福利院长大，饥荒时代差点饿死，最后成为社会主义的工人，中国刚刚开始发展金融的时候，又做了银行的信贷员。用英文讲述，挖空心思寻找词汇，让我免于像往常一样，为母亲的故事而痛苦，但我仍感受到，我为她顽强的生命力、聪明与勤奋而骄傲。雪莉听得很专注，当我讲到历史事件，又找不到英文时，她总能立刻补充。看起来，她真的很想了解。

所以你看，她的往事这么悲惨，没有休产假都不算什么。我总结说。

雪莉说，没错，这些故事真的是……她说话时，也总是抿着嘴唇，发音在很小的开合之间，此时声音更是消沉。

我们都沉默了。

没有了手机惊人的光亮和它开启的众多扇门，想必树林间都是月光。

似乎是觉得这沉默太尴尬，又太伤感，我突然开口说：我想写一本书，关于我妈家族的。说完，自己也微微吃惊。我还很少告诉别人这个想法，何况是跟一个陌生的美国老太太。

真的吗？

对，就写我妈和她的姐妹们。

你已经有书名了！雪莉仍然抿着嘴唇，笑意在眼睛里闪烁。

六

吃饭时，我们会自动分到两个餐桌。欧美人一桌，亚洲人一桌。

尽管在亚洲桌上，我们也说英文，以便和马来西亚、泰国的朋友聊天。但是，能够随时切换到中文，总让人觉得放松。有时，听到另一桌的笑声，我想，她们使用英语时如此自信、默契，好像这个世界就是她们的——即使这已经是世界上的边缘角落。也许正是这种自信和默契，让我闻之却步，也让泰国本地人不敢报名。

在一个国际场合，语言当然是最重要的区隔。为了抗议英语霸权，我从没有取过英文名，也拒绝转变名字的发音——我明知"玉洁"对外国人来说很难发音，但是，既然我们能读出李奥纳多·迪卡普里奥，既然我们曾经花了一年时间，练习把舌头放在牙齿中间，像蛇吐信子咝咝作响，发出那两个中文里没有的辅音——辛西娅的名字中就有这个音，那么，让西方人念几个中文名字，也不算过分。

工作坊里，我照样用中文音调，介绍自己的名字，并解释了它的意思"像玉一样纯洁"，然后听各种发音，心里暗暗发笑。有人念，雨耶。有人念，雨鸡。有人念，酉鸡。更多人直接说，你。那个，你能不能帮忙抬一下柱子。你的铅笔借我一下。

我常常意识不到别人在叫我，但是没关系，这种小小的不便和误解，在国际交流中是正常的。直到又一次，我正蹲在地上凿木头，听到台湾人 Sephen 字正腔圆地大叫我的名字。一抬头，一队人站在一根柱子旁，等着我去帮忙抬木头——几天的逞能下来，我已经成了工作坊的壮劳力之一。我应声正要过去，Sephen 皱着眉头说，你要不要叫 Jade，这样她们比较好记。我愣了一下，像战火中匆忙接过发报机一样，接过了我的英文名，Jade。

一天晚上，往常的秩序被打破了。大部分白人都去参加朋友聚会，民宿里只剩下雪莉和辛西娅。似乎不好再以位置不够为由，分两桌坐，同时，我们也明显地感觉到了沟通的责任。亚洲人加入了白人的餐桌——第一次吃饭时，辛西娅曾摸着这张桌子说，这是一整块木头。

吃完饭之后，身体开始忙碌地运作，精神却安逸了。轮值帮厨的人去收拾碗盘，有人泡了茶，有人盛了一盘木瓜，放在桌上。没有人说话。

当白人成为少数，我突然觉得语言的压力塌了半截。我开口问：辛西娅，你在密苏里的生活是什么样的？

正托着脑袋发呆的辛西娅乐了，她重复了一遍我的问题，说，我妈也经常这么问我。

我意识到，我把密苏里（Missouri）念成了悲惨的（misery）。但，这也不失为一个巧妙的双关。

没事，辛西娅说，我在密苏里，住在一个公社……

同样来自上海、曾经在美国读书的 Gloria 惊叫：公社？美国也有公社？

当然了！辛西娅和雪莉报以同样的惊讶。

Gloria 说，我从来没把美国和公社联想在一起过。

美国有很多公社啊，到处都是。辛西娅仍然很惊讶。我想，当小燕被问到"上海是个大城市吗"，大概有同样的心情。

教授雪莉此时又出场了：实际上，这是美国的传统，从美国建国时，就有这种乌托邦的渴望，某种程度上，这就是美国精神。

我说，我以为公社是六十年代的产物。

雪莉说，这也是一个原因。

辛西娅说，没错，我在的公社就是七十年代开始的。

辛西娅中学时参加了一个去南美洲的实践项目，回来之后，觉得上学没意思，就辍学了。她喜欢木工，幸运的是，在美国，木匠赚得不少。

三四年前，辛西娅在芝加哥的一家公司，教人做木工，用二手木材，做桌子、钟等等——我和雪莉原本想象的东西。她在手机上找到那时的宣传视频：辛西娅坐在镜头前，卷舌极重、语速极快，像嘴里团着一个球。视频里的她，看起来和现在很不一样，也许是比较正常，比较中产。

辛西娅说，有一天，她在街上看到有人发传单，接过来一看，是招人去驾马车。她想，神经病吧。但是她又好奇，跟去一看，是一个公社。

辛西娅辞了职，住进了公社。这个公社种菜，制作有机产品，生活自给自足。不仅如此，他们拒绝现代设施，包括电。没有电，因此也没有热水。晚上没有灯，点蜡烛。他们当然也没有电脑、手机，全公社只有一个座机。

她每说一句，我们都惊叹一声。

辛西娅说，但我给朋友们写信，用手写，他们好像都挺喜欢的，对不对？

我们点头如捣蒜。

冬天，公社没有暖气，辛西娅就背着包去城市。美国中部的城市，有很多建好又没有使用的房子，于是被很多人占领了。她就在那里度过冬天，等春天到了，再回到公社。

我说，中国也有很多房子，建好了没有人住。

真的？那有人去占领吗？辛西娅问。

……倒没有。

让辛西娅心动、决意加入公社的，是创办人的理念。他主张巴西思想家弗雷勒的解放式教育：受压迫者应该自我教育，互相学习，培养批判意识，而不是期待教育体制。但是住了两年，辛西娅发现，公社内部并不平等，创办者一人决定所有事务，一人诠释解放式教育。去年10月，辛西娅"不干了"，她"跳"到另一家名为"沙丘"的公社。这家……好一些。辛西娅说。他们人少，只有九个人。

我们都替她松了一口气。人少比较好，很难想象共产主义、无政府主义在人多的地方实现。

她又说，这家有电，也有热水，挺好的。

像所有人一样，从工地回来，辛西娅先洗了澡，换上了干净的T恤，此时细细卷曲的长发仍是湿的，贴在脸颊两侧。小燕提醒我，她的眉毛是修过的。也许这是女木匠的特点之一？到了工地之后，所有人的第一件事，都是在脸上、脖子上涂防晒霜。尽管如此，现在的辛西娅和视频里那个修过刘海、语速极快的女木匠不同，也和工地上那个高高举起锤子、猛地击下，又总是保持笑容、解释工序达十五遍之多的木匠老师不同，讲到这里，辛西娅的笑容渐渐隐入迷惘，若有所思。

我已经很久没有离开美国了。沉默了一小会儿，辛西娅又说，我总觉得，就算对这个地方失望，但还是不应该离开，应该留下来，改变它，我觉得自己有这个责任，对吗？

来泰国之前，我就知道，将会见到各地的女性主义者——很多愤怒的、受到挫折的女人，我也约略知道美国六十年代以来的公社传统，但是亲眼见到、听到、体验到，却是全然不同的感受。我喜欢她们，我喜欢佩吉，高高的个子，穿着湖绿色工装裤，大手拿起生菜，一边吃一边讲自己的爱情故事，她的表情、语气，就是句子、标点，以至于文字无法转述；我也喜欢幽默的拉提莎和奥勒莉，这对法国姐妹，干了最多的力气活，而且，无论吃得多饱，总是不放过甜点；我喜欢Ginger，英俊而腼腆，不动声色，又让整个工作坊有序进行；当然，还有好为人师，又充满好奇的雪莉。尽管我有时会嘲笑她们，抱怨她们没有自觉到白人的优越地位，但是，我仍然喜欢她们，喜欢她们在各个地方努力改变世界，喜欢这个工作坊的热情和力量，也喜欢建设乌托邦时的自由和迷惘，就像此刻的辛西娅一样。

我在中国从来没有见过女木匠。我说。

辛西娅又吃惊了，真的吗？怎么可能？为什么没有？

我为她的吃惊而吃惊了，不知道……这本来就是性别分工很明确的工作吧？

现在连男木匠都不多了。一直沉默的 meichern 冷不丁插嘴。

辛西娅说，Jade，如果你们要盖房子，就告诉我，我会去中国帮你们。

真的吗？我又吃惊了。

当然是真的。辛西娅脸上不再有迷惘了，性别和社区，是我离开美国的唯一原因。

七

12根柱子立了起来，此后进程就很快了。

从长短、宽窄不一的旧木材里，我和小燕负责挑出合适的顶梁、底梁和侧梁。（我们暗地认为，这是对我们数学能力的肯定。）分别有人挑出龙骨、地板、墙。我们拔掉木材里的钉子，锯到合适的长度——这都是使用旧木材必须付出的劳动，然后，就像搭积木一样，嵌在合适的位置，用钉子固定住。辛西娅四处查看，确保一切是平的。

搭好底梁，铺一层龙骨，工作坊的最后一天，要铺地板了。人们分成三组,一组锯木头,另外两组——说中文的一组、说英文的一组——铺地板。没有了语言的磕碰,我们很快形成有效分工,有人传递木头,有人负责铺,把厚度、宽度一样的木板拼在一起。是合作,却又是专注的。"这根怎么样?""缺一根宽的!""窄的都放这边!"突然有人叫:"她们在偷我们的木头!"

下午四点,地板铺完了。辛西娅半蹲着,眯起眼睛看地板的平面。她站直了说,太令人惊讶了,都是平的!大家欢呼起来,纷纷拿出手机,进行工作坊的最后一个程序:拍照。

这座房子已经有了形状,它长 6.5 米,宽 6 米,墙高 2.5 米。接下来,辛西娅和 Ginger、艾斯特拉,会一起搭起人字形的屋檐。木屋的南墙,有一根柱子,写着"C"和"face",而所有的梁上,都有彩色的数字,和中文"横梁""底梁""侧梁"。

房子的对面,在芒果林的尽头,是高高的清道山。太阳已落到山顶,霞光冲遍了半边天空。Ginger 说,之所以木屋选在这里,就是希望能看到山。这就是我们开始的地方。

在报名表上,对"为什么要参加木工工作坊"这一问题,我写道,因为脑力劳动做多了,想做点体力劳动。这是一个真实的理由,却也是一个敷衍的原因。更深层的,是我对生活的厌倦。

每天早上醒来，我拿起手机，刷朋友圈、刷微博，读同事的工作留言。一天中的大部分时间，我对着电脑、手机，刷最新的信息。从一个链接，到下一个链接，留下很多看了开头的文章，和一事无成的沮丧心情。我加了很多人，"成为朋友"，世界四通八达，却很少抵达某个真实的人。

我的颈椎变形，脂肪在腹部安居繁衍。于是我花钱办了健身卡，又花钱请了一个教练，让他陪着我，折磨我。在这种扭曲、分裂的生活中，我的生命互相消解了，正负相加，等于零。不知道有多少人过着这样的生活，卷入同样、也许更深的旋涡之中，买了大房子，给小孩报了私立学校，从此像游乐园里的飞车，做着高速的无用功，左右摆荡。必须赚钱，赚更多的钱，获得更大的成功。年轻的人们一早认命：此生已矣，希望全在子孙。这是怎样绝望而高效的生活啊。

所以我来了，我想从机器上松动，脱落。在这里，我看到了从飞车上主动掉落的女人们，她们正在搭建自己的乐园。当我回去，该如何描述这次旅行呢？——一次最好的旅行，它就是生活。

雪莉不知道什么时候站在了我旁边，她说，Jade，中国南方是不是有很多这样的山？

的确，暮色中，清道山层层叠叠，有不同深浅的青色。我说，是啊，你去过中国吗？

没有，只是在图片里看到过。

我们静静地看着清道山，如果是中国南方，山会更加连绵、起伏，小河绕山而行，雾气飘在山间。

真美啊。雪莉说。

是啊。我说，不过，我们还没有在山前面盖过房子。

老师阿明

一

吴明益深目凝视，十分认真，会让你忽略眼镜。头发修剪得很短，是干净又不引人瞩目的长度。他常常穿黑灰两色的衬衣长裤，合身熨帖。有时右手插在裤子口袋，作势拿出来时，左手先从外面按住口袋，如此右手抽出而裤子始终平整。

他个子矮小，却黝黑结实，声音浑厚，不同声部在胸腔共鸣，像手风琴。这也是因为他上课十分用力，讲到快下课时累了，扯出好几个不和谐的音。在第一堂课，他鼓励我们练习在课堂发言，不要害怕，他说自己读书时也会紧张，因为舌头太厚，有些音会发错，所以常常沉默。仔细听，果然有的音仍然在舌尖和牙齿之间发涩。听同学说，吴明益刚开始做老师时，由于太紧张，上课前会去外面呕吐。直到现在，他在上课之前，都会失眠。

很难想象为什么他会紧张，他已经如此知名——张大春说，吴明益是台湾最好的小说家，他在脸书的文章每次都有上千人转发，他也已经是华文系最受欢迎的老师，每次开课，学生都坐满教室。

在第一周，他列出十五本书，说，这些书应该在两个礼拜就能看完吧。大家吸一口气，不敢作声。他又说，如果写作而没有才华，不如去卖红豆饼。他的右手从口袋里摸出来，伸出食指，作为强调的辅助手势，第一个指节伸不直，用力地勾着。于是下课后，教室旁边的吸烟区，都是垂头丧气的学生，计划去学校外的志学街卖红豆饼。

第二周，人少了一半，吴明益说，各位不用担心，这些书不用很快看完，我上次那些话，是为了吓退没有决心的学生。此时坐在下面，不知是松了一口气，还是更觉得紧张了。

吴明益开的这门课，叫作"文学与环境"。这是他的写作方向，也是研究方向。他说，博士论文答辩时，有答辩委员不以为然，认为这不足以成为学术研究的题目，他不服气。但是今天，不会再有人这样说了。

和很多人一样，提到自然文学，我首先想到的是桃花源落英缤纷，诗人隐逸山林。但是在这门课上，"自然"是格物致知的科学体系。吴明益提醒我们，描写一棵树、一只鸟的时候，要写出它准确的名字。这不只是细节，也是对写作方式的选择。吴明益说，他这一代台湾写作者，生长于经济腾飞时，典型的"没有什么事发生"的时代，经历贫乏，写作材料少，好处是读书多，万物的知识都可以进入小说。"一本植物图鉴，有没有可能是文学？一本百科全书，有没有可能是文学？"他在课堂上问道。

这个时代的文学，离不开政治。自然文学背后是生态哲学。人类的扩张、对资源的滥用，迅速毁坏了自然的平衡。在每堂课，吴明益都会花一个小时，提出最新的环境议题，和我们讨论：美国牛肉进口事件、虐杀动物、核电厂、大陆游客……他提醒我们，对这些问题要有关怀，但是也不能缺少专业知识，不能基于简单的道德义愤，那是相当廉价而无效的。一次，提到珍稀动植物的过度捕猎和采摘，我举手举例，比如西藏的冬虫夏草……吴明益打断我说，你知道冬虫夏草是什么吗？我说，呃，就是冬天是虫子，夏天……吴明益目光移走，眉毛很轻微地皱着，泄露了一贯小心隐藏的不耐烦，说道，不是这样的。我想我这辈子都不会忘记"冬虫夏草"是个谎言。

为了实践生态哲学，吴明益在学校附近买了一块地。每天清晨下地，主要的工作是拔草——除草剂会污染土地，到期末，他收获了几个营养不良的玉米和胡萝卜，但是他高兴地说，云雀会栖息在他的田里，它们知道哪里是安全的。他也尽量少消耗能源，不使用冷气、除湿机，太潮湿了怎么办？"那就湿湿地睡。"他说。在课堂上，参考书每年循环使用，第一次开课时，他把参考书以八折卖给同学，学期末七折收回，再下学期七折卖，六折收，总有一天，书是零元。他用拇指和伸不直的食指比了一个圆圈。

他是很认真的老师，每次都做好投影片，影印一大沓资料，带着音箱，给同学们看影片，讲最新的时事、八卦，力争将学生牢牢抓在这个课堂。有时经过课堂，很远就听到他的声音，用了很大的激情，把自己整个丢进去，窗户里看见他，似乎头顶蒸腾着热气。

新知令人兴奋，混合着沮丧和迷惘，度过这门课。我像梦醒一般，注意到校园里每一种动植物都有自己的名字。东华大学有一种动物，如果在以前，我会叫它野鸡，但是现在我知道它是环颈雉。吴明益说每只环颈雉性格不同，7-11 前面那只脾气不太好。

同学们对于吴明益有一种崇拜和恐惧混合的情感。私下里，大家叫他"阿明"，分享着关于他的传说。阿明很帅，也很在意自己的形象，他曾在写给毕业生的文章里说，这辈子如果发生两件事，他就去死，一是要他上台表演，二是秃头。阿明是神一样的存在，教书、写作、种田、演讲之余，每个月读二十八本书。阿明走过了花莲所有的溪流，查阅它们的历史和传说，写成了《家离水边这么近》。关于行走，他喜欢引用荒野文学作家爱德华·艾比的话：人类不应该开车，而是应该步行体验荒野，那么老人呢？艾比说，他们有过机会。小孩呢？他们还有机会。吴明益写，智慧是往上走的，年轻的时候，智慧长在腿上，年老的时候，会走到头脑里。

在《家离水边这么近》中，吴明益写道，他曾计划从花莲徒步走到台北，可惜走了一个礼拜，到苏澳之后，背伤发作，没有继续。在那一个礼拜，几乎每天都下大雨。我心想，这真是一个很有决心的老师。

这种决心、认真，让同学们又尊敬，又害怕，课堂上低头躲避，尽量不发言。也是这种对自己的严格纪律，让著名小说家、学生心中的神吴明益在脸书上写道，每次上课之前，他都会失眠。

有时他会开车带我们外出，去他的田里，告诉我们草的名字，它们如何努力生存。他也带我们去花莲溪入海口，从望远镜里看一只很小的鸟。在他的书里，吴明益曾经写道，他曾带李锐来到花莲溪入海口，这位来自内陆山西的作家，沉默了好久，第一句话是，原来海的声音这么大。

二

东华大学英美文学系创作所，是台湾第一个创作学位。最初设立时，师资很强，由诗人杨牧，英美系主任、马华作家李永平，比较文学学者、作家郭强生担任老师，并邀请不同作家来驻校讲课。杨牧回到美国、李永平退休之后，创作所从英美文学系转到华文系。没想到，台湾出生率降低、大学招生日渐低迷之时，很多专业都面临招生危机，创作专业倒连年爆满。

我的同学通常都刚刚大学毕业，很多都有一种小老鼠的气质，沉默敏感。坐在距离老师最远的地方，头埋在桌上。一触碰就躲起来，或是跳得很高，这样的易感。

创作并不容易教，这是可以想象的。即使在创作专业最多的美国，人们也常常嘲笑、批评这种教学方式。小说家、诗人，真的是可以教的吗？

华文系有吴明益，也有几位创作与研究兼顾的老师，除此之外，每个学期都会邀请校外作家驻校。曾经被邀请的作家有黄春明、骆以军、施叔青等，但是我在华文系上的第一门创作课，就令我大失所望。

这门"小说创作"，老师是一位从未听说过的作家L。查资料得知，她在八零年代成名，曾在报社工作。L老师声音沙哑豪迈，开篇即称，自己教授小说创作多年："老师对这门课还是很有心得的。"她宣称要在课上做一个实验，这个实验她已想了很久。但是这门课一半时间都与写作无关，而是由各位同学报告台湾作家，这内容似乎应该在大一完成。更令人担忧的是L老师的教课状态，因为这门课是在晚上，L老师已经十分困倦。常常课时才到一半，课程已经进行完了。"接下来讲什么呢？"L老师不知在问自己还是我们，一边打一个大大的哈欠。有时同学正在做报告，老师已靠在椅背上睡着了。临近期末，L老师所谓的实验终于开始了，原来是在课上模拟一次文学奖，她收集了十来篇小说，由在场的同学打分，评选出首奖、优胜奖等等。评奖结束后，她指着一篇获得优胜奖的作品，嘎嘎笑着："你们怎么知道这是老师的作品？"原来这是她十多年前也许二三十年前的旧作。

第二学年,驻校作家是剧作家、诗人鸿鸿,他开了一门"舞台剧写作"。鸿鸿是一个微秃、素食、总是愉快微笑的中年人。相比 L 老师,我更相信鸿鸿已经教了多年写作课,他有一套熟练的计划,游刃有余。他要求每位同学各自采访一个人,这个人距离自己的生活越远越好。

同学们分别采访了餐厅打工的越南新娘、服饰店老板、地方报纸的记者、军人、灾区的原住民小孩、同志三温暖的老板,我则写了寒假遇到的甘肃老兵。接下来,我们每个礼拜写一幕短剧,发展自己的人物。等到这些人物发展出性格、腔调,鸿鸿就要我们练习更复杂的形式、哑剧、历史剧等等,直到期末写一出完整的舞台剧。

鸿鸿说,生活才是最好的老师。他要我们观察人物,写出尽可能真实的人物。他指着我的第一份作业,讥笑说,这是真实生活中人们会讲的话吗?不是,这是偶像剧。

在课堂上,同学们围坐一圈,分角色念出每个人的剧本。念完之后,由作者解释,老师和同学们评点。除了对我的第一份作业,鸿鸿很少批评,他总是心情很好地、微笑着鼓励同学们互相讨论,使课程往前发展。课堂上的一切想必在他意料之中,无动于衷。这门课十分快乐,每个人都得到鼓励。无论作者是否想要搞笑,总能营造奇异的喜剧效果,让同学们哈哈大笑。

在这堂课上，最活跃的一位同学来自马来西亚，他凸起的眉骨、厚厚的嘴唇证明了这一点。他每天从早到晚，都待在研究室，因此同学们叫他"土地公"。"土地公"个性好动，喜欢用动作、言语引人发笑，大家都喜欢请他读戏，这样，一幕无聊的戏也能好笑起来。

然而爱搞笑的"土地公"背后，有一个悲伤的故事。他出生在马来西亚一个华人家庭，父亲非常严厉，因为他气质阴柔，常常被父亲责骂、被弟弟欺负，他更不可能暴露自己喜欢男生的真相。在东华大学华文系，他发现课堂上可以如此开放地讨论各种问题。于是他很快出柜了，并且决意留在台湾。

"土地公"的出柜，同学们都开怀接受，有人笑说难怪他这么喜欢紫色，喜欢穿紫色衣服，用紫色计算机。出柜还招来一个意外的结果，一些要好的女生故意靠近他，看他满脸嫌恶害怕地四处逃窜，以此取乐。

在舞台剧写作的课堂上，"土地公"采访的人物是同志三温暖的老板阿正。在逐渐发展人物的过程中，他袒露了更多。父亲是一个权威的形象，令他畏惧而又愤怒。同时马来西亚的宗教氛围、社会环境，都让他不可能以同志身份自在生活。因此他来台湾读书，发誓不再依赖父亲，每门功课都必须拿到优，才能拿到奖学金，而打工所得维持日常生活。他把自己的压抑、恐惧、对男性的情欲，都投射在了阿正身上。

三

骑摩托车经过大片草坪，出校门进入志学街，再拐入一个小巷子，看到田野里有一栋房子。这是一家咖啡馆，叫9803。我约了吴明益老师在这里见面。

在第一学年，他痛快答应，成为我的指导老师。我们师生之间关系松散，偶尔碰面。他给我很大的空间，很少摆出老师的架子。我既知创作之路只能独行，许多问题难有答案，不如不问。只大而化之，闲聊两个小时。

私下见面时，吴明益很放松，但仍然诚恳应对我的每一个疑问。这样认真的个性，让我想到，他说自己成长在一个保守的家庭，一直到念大学，还不敢自己去佐丹奴买衣服，要请姐姐帮忙。

我说在台湾读书，让我思考两岸文学体制的不同。一位同学写了一篇关于已故舅舅的散文，她说："我想投文学奖，就去看历年文学奖作品集，结果发现，得首奖的散文都有一个人死了，于是我就写了一个死人。"同学们大笑，她也笑，又敲着桌子叫："但我舅舅也是真的死了！"

比起我这一辈中国大陆的写作者，台湾的同学对写作更自觉，在如此年轻的时候，立志做一个作家、诗人，令我羡慕。他们的稿件打印出来，奔赴台湾大大小小文学奖，有的同学已经拿了不小的奖项，名字出现在报纸上，系办的贺报上，他们也因此更有信心地继续新的创作。尽管在台湾，很多人批评文学奖，但我仍然觉得，有如此清晰的登上文坛的路径，台湾文学青年是幸运的。

而我这一代文学青年，通常在媒体、广告行业工作，暗夜里渴望文学，在瞬间的激情中写下只言片语。文学，就像一场偷情。

如果说我们在偷情，那么台湾的文学体制，就是在相亲结婚，过着安稳的生活。偷情固然刺激，但是安稳生活也令人羡慕。也许这就是我来台湾的原因。

吴明益认真地听完，微微皱眉。他回忆说，台湾的文学体制，也有不同阶段。在六七零年代，报纸副刊被严密控制，文学杂志比较自由，于是许多作家创办同仁杂志，发表自己的作品，比如陈映真。八零年代"解严"之后，文学中心又转回报纸副刊。《联合报》和《中国时报》创办文学奖，当时大家不看电视，这两份报纸的发行量都高达百万。

吴明益说："我想前十届，两大报的文学奖获得者，真的好像得到一个钥匙。到了1990年代，我们这一代成长的时候，是两大报文学奖最蓬勃的时候，还是一个标杆。但是突然在90年代中末期，媒体越来越多，网络兴起，电子媒体兴起，年轻人不看报纸了。等到我们得两大报文学奖的时候，已经不像以前那样了。"

1995年,吴明益借小说《虎爷》,拿到了《联合报》小说首奖。但是这时,一个奖已经不够了,要多拿文学奖,文学杂志、报纸副刊的编辑才有可能认识你。在这种体制下,评委的口味就决定了文学的整体风格。像我的同学一样,吴明益也去研究前几届的得奖作品集,每一篇都看过,想一想说,这样的东西才是好东西。"这不是得奖或不得奖,而是你根本搞不清楚什么样的是好作品。"他说。

我想到他曾讲过,在他年轻时,台湾流行情欲文学,性都写得很露骨,"但我的情欲经验实在乏善可陈",他笑着,露出两边的牙龈,脸庞黑红。最终,他第一篇成名的小说《虎爷》,取材于当兵时的经历,被命名为"新乡土文学"。

摆脱了情欲文学、后设小说等文学风潮,吴明益从写实出发,他探索各种技巧,又不为技巧束缚。"我们越读越多,会发现真正的世界很复杂,有人写得这么简单,大家也说好,有人说不能在小说里论理,可是你看米兰·昆德拉,论理也会论得这么漂亮。"

今天的台湾,文学奖是年轻作家出道最重要的方式。我也终于明白,为什么台湾的文学风格如此类似。不错,文学奖为文学青年准备了看得见的道路,就像我们曾有文学期刊,有作协,但是真正重要的,还是个人的才华和决心。一个人二十岁时是否写作,和文学体制有关,但是三十岁、四十岁、五十岁时是否还写作,就真的和自己有关了。

四

和"舞台剧创作"同一个学期,吴明益教授"小说创作"。第一堂课,他照例放出狠话,想要吓退没有决心的人:"各位坐在这里,说明都是没有才华的人,如果你们有才华,就不会坐在这里了。"在吸烟区长吁短叹、计划去卖红豆饼的同学更多了。

和鸿鸿一样,吴明益要求我们去采访一个人物,写五百字的人物特写。在课堂上,他读出这些文字,再行点评。一位同学写的是一个喜欢钓鱼的人,吴明益追问,他用的钓竿是什么类型?同学答不上来。"土地公"写了一位越南新娘,吴明益念完之后,转头确定地说:"这不特别。"

课后哀鸿遍野。和其他课比起来,这些批评并非更严厉,也未尝不是事实,却打击更大许多。文学青年原本敏感,又自负,对自己的作品加倍在意,何况这是小说家吴明益的看法。"没有才华""这不特别",这些词,如重锤正中胸口。

三堂课下来,同学们像遭遇空气中的强大阻力,坐在最后最远处。每个提问都像石头扔在沙堆上,不起回响。这种课堂气氛,毫无疑问也对吴明益老师产生了影响,他少有地露出了无奈神情:"你们要不要坐前面一点?"

"土地公"决定退选。吴明益的评论令他十分愤怒,同时,他有现实的考虑。这学期修课太多,这样下去,这门课恐怕拿不到高分。如果失去了奖学金,他在经济上将无法承担。

吴明益拒绝了。这门课名额有限,非常抢手,"土地公"选上而中途退选,吴明益认为,这对想选课而没有选上的同学不公平。同时,我想,以他追求完美的性格,原本就对上课深感挫折,此时想必更受打击。

小小的波折之后,"土地公"退选了,而吴明益也修改了教案,他不再在课堂上朗读、批评同学的作品,改为课后面谈。课堂上的时间,多半用来讨论新近出版的优秀小说。同学们松了一口气。我也松了一口气,又有说不出的怅然。

我们在9803谈话时,吴明益曾讲起上课的压力。今天师生关系已经发生变化,信息容易取得,老师的作用到底是什么?他不愿伤害学生,又总是觉得无力,如何能让学生爱上老舍、沈从文?至于小说创作,他很清楚,大部分人不会成为作家。事实上,我们都清楚。曾经有很多编辑跟他聊天,"过了中年,大家回想起来,说年轻时我也想成为作家,但是没有,今天变成你的编辑。"他能感到那种淡淡的感伤,至今还在,"我想有些学生会变成这样。"

站在讲台上,吴明益仍然慷慨地讲出自己所知所想,毫无保留地分享自己的小说技艺。他说,他常常在图书馆写小说,把不同种类的书摆在面前,比如一本村上春树的小说,一本贝壳图鉴。他写一写,翻翻图鉴,其中讲到贝壳的花纹是非常准确的几何图形。这很有趣，他说，于是我打算让男主人公把这些讲给女主人公，后来他们分手，女主人公到尼泊尔，看到卖贝壳的，觉得奇怪，为什么尼泊尔会有贝壳，不是内陆吗？卖贝壳的告诉她，因为很多很多年前，这里是海。

"这时候会不会就有点忧伤？"他得意地说，用大拇指和食指捏成一个圆，"这都是我零秒鬼扯出来的。有时候我会觉得妈的太滥情了，不要。"一位同学瞪圆了眼睛，"零秒鬼扯的吗？好厉害啊。"吴明益说："因为我随时都在想这些事情。"

有一次，他讲到自己从小长大的中华商场。他家有一家鞋店，他年轻时常在那里看店。一个女生试了好几双鞋，他正在忙，回头看这个女生已经不见了。他追出门去，穿过商场的人潮，像间谍片情节一样，追上这个女生，"我对她说，你不买没关系，不过要跟我讲，讲完我就转身回去了。"说到这里，他似乎仍有余怒，冷冷看我们一眼，"这个店员的性格是不是很鲜明？"

有时讲了两句，他停下说，不对，铺垫不够。回去重讲。讲完之后，又说，"各位，千万不要以为我在课堂上讲的这些故事是真的。我是一个小说家。"

讲故事的时候，是他最有神采的时候。

五

夏天来了。下雨之后，草坪上热气酝蒸，草腐烂的味道，有时候很像马铃薯熟了。割草的工人每天清晨挥舞着"小飞碟"，在窗前轰鸣。白色的黄头鹭就会飞到学校，吃惊起的小虫。

课程进展到期末，"舞台剧创作"还是那么欢快。鸿鸿说："剧场里只有一种剧，就是写实剧。剧场里没有抽象人物，没有人为了荒谬而存在。比如说，我这么认真地教你们，结果最后没有人成为剧作家，这不是很荒谬吗？但你们还是认真地上课，那更荒谬啦，越认真越荒谬。"

在这种游戏气质的鼓励之下，一位同学在期末作业里，让所有人在沙漠上历险，瞬间互换灵魂，两句台词之后，又互换，因此整个剧情就是所有人物，包括猫狗，都在疯狂地互换灵魂。而"土地公"设计甘肃老兵作为阿正的父亲，阿正迫于父亲的压力，打算迎娶一位印尼新娘，这婚姻是假的，阿正为了让父亲满意，新娘则为了拿到中华民国居留证。婚礼的晚上，父亲死了。"土地公"用这个剧情解决了自己的生命困境：同志身份，外籍人，家庭。

在"小说创作"的课堂上，师生都出现了一种忧郁。小说家吴明益和教师吴明益相互纠结，两种身份却越来越分离。最后一个礼拜，我们讨论阎连科的《发现真实》。在这本书中，阎连科把情节逻辑分为零因果、半因果、全因果、内因果，吴明益解释完之后，问："大家有没有问题？"

无人作声。他突然笑了一下："陷入了尴尬的沉默。"

他双手插在裤子口袋里，说道："在流行音乐的课上，很多同学说喜欢伍佰，我问，你们有听过《小人国》吗？同学说没有，我说，那你不是真爱啊，对小说也是，课程还没有结束，很多同学就已经呈现疲态了，不是真爱啊。"

他继续说着，有点像自言自语："如果课程再延长三个礼拜，我就会想死，因为我的精神状态没办法支撑下去了，挫折感……还有就是，我没办法去写小说……那个浪过来了，我看着浪过来，可能要看着浪过去，过去了就很难找回来了。我很想写小说，我知道自己的作品还不够好，要写的这两本书，都会比以前好，但是各种社会责任，家庭，学校……"

同学们更加沉默。我看着吴明益，他的声音、神情，和平常一样清楚认真，只有这段话本身令人震撼。我想到有一次，他说："构思情节的工作，是一个小说作者每天都要做的，你做得太多，以至于觉得自己不是生活在现实生活中……小说在我的生活里变得太重要，以至于我没有生活了。"

下课时，他又说："我不应该说刚才那些话，事实上是我没办法做一个合格的老师了。"

我深深理解一个小说家的焦灼,同时想,他一定在恨我们。幸好,课程没有延长,这已经是最后一周。在几个日夜的写作之后,我结束了一篇小说。想到我的老师吴明益说,小说是一门展示心碎的技术,也是挽救心碎的技术。

这个学期结束了。

在花莲听杨牧讲诗

一

> 蒹葭苍苍，白露为霜。所谓伊人，在水一方。
> 溯洄从之，道阻且长。溯游从之，宛在水中央。
> 蒹葭萋萋，白露未晞。所谓伊人，在水之湄。
> 溯洄从之，道阻且跻。溯游从之，宛在水中坻。
> 蒹葭采采，白露未已。所谓伊人，在水之涘。
> 溯洄从之，道阻且右。溯游从之，宛在水中沚。
>
> （《诗经·秦风·蒹葭》）

两点差十分，系办助理推门进来，摘下石英钟，装上电池，时针分针拨到正确的方向，像两只张开的手臂。东华大学每个教室的钟都好些年未曾走动，行政人员懒于看顾，老师学生也不甚在乎，但是这天在文学院大楼 302 教室,石英钟"咔嚓"了起来。两点,一位老人走进来。他步子徐缓均匀,一步一步,走到讲台坐定,抬头正对着那面钟。

上课之前,我已听过很多关于杨牧的传言。他是著名诗人,听说也离诺贝尔文学奖不远,人们提到他,语带尊崇。又听说,他是处女座,细节处诸多讲究,一张桌子用来写诗,一张桌子写论文,散文则放在左边第三个抽屉。小道流言,又传说他"个性别扭",不好相处。为杨牧作传的作者张惠菁前来采访,正逢他即将离开花莲回到华盛顿大学,有学生前来相送,情绪伤感似乎将要落泪。杨牧等学生走后,关上门说:"我就是不想看到学生哭。"另一个故事是,花莲诗人陈克华,也是一位眼科医生,为许多作家看诊,杨牧也在其中。一次他写文人轶事,纵论作家们的眼睛,说到杨牧有青光眼。从那之后,杨牧就换了眼科医生。

此刻坐在讲台上的杨牧,戴着眼镜,灰白的头发干净、一丝不乱,脸上虽有皱纹,却和皮肤的肌理一般细致,颧骨上还有午睡方醒的红色。若说诗人,似乎有点太普通了,他更像一辈子活在书斋里的儒雅老者。他打开手中的名单,用手指点着往下数,又抬头数了数教室中的我们——U 型的桌边疏坐十五人。杨牧开口说话,声音衰弱,中气不足:"我希望人数不要太多,最好在十一个人之内。"他手臂微微摆动,做着不灵活的手势,似乎在尽量避免消耗动能。

这门课叫作"中西诗学比较",是诗人、学者杨牧从美国华盛顿大学退休后,回到花莲开的第一堂课。接下来,他解释课程,"中西诗学比较",不是真的要比较"诗学"——当代文学研究中,"诗学"沿袭亚里士多德的说法,被解为广泛的美学理论,不,不是的,这堂课不讲理论,而是读中西原典,英文读叶芝,中文读《诗经》,"把两三千年前的东西拿出来,用现代的眼光来看。"因此这堂课又有一个副题"古典与现代"。

杨牧请一位同学朗读《秦风·蒹葭》。四言诗重复回旋,五言句变换节奏。必得朗读,全心体会,时间延进以音乐叮咚,空间则铺开迷蒙图景,这首原本烂熟至俗的诗,突然展现美的本质:令人静默,久久不语。

1950年,瑞典汉学家高本汉翻译的《英译诗经》出版。在这本书中,高本汉把《诗经》中的诗歌编号,《周南·关雎》是No.1,第一首。在课堂上,杨牧使用了这个编辑方法,这样的编法让他想到《圣经》:"在我看来,《诗经》和《圣经》是一样的。"因此,《秦风·蒹葭》就是第129号。

字辞易解,没有太多要讲的,杨牧微微抬头,看着教室里某一个虚空的点,像是怔住了。他想起读花莲中学时,有一天老师说,今天不要上课了,"他在黑板上写了一首诗给我们看,就是《蒹葭》,"他回忆着,"老师用广东话念了一遍,那时候似懂非懂,完全不确定,这是男的还是女的,什么都不确定,和数学老师教的都不一样,可是觉得世界上怎么会有这么好听的诗。"

这是杨牧第一次读到《诗经》。20岁时,他自费出版了第一本诗集,由父亲的工厂印刷，妹妹校稿，书名就叫作《水之湄》。

杨牧从虚空中收回眼光看着我们，仍然是沉思的，似乎不确定当年《兼葭》所触发的震撼，能否传递给今天的学生："二十年前，有一种理论是文学死了。不晓得你们有没有听过这个谣言——这真是一个蛮大的谣言，你们比较幸运，现在已经没有人这样讲了。"

二

在岛屿上，中央山脉耸起，纵贯南北，把台湾岛分成东西两半。西部面向大陆，是开阔平原，福建移民越过台湾海峡，登陆开垦农地，通商、修建工厂，西部向来是汉人聚居之地、台湾经济的重心。而东部的高山雄踞之下，平地狭窄，不利耕作，居住的多是原住民，刀耕火种，迎向浩瀚的太平洋。

因此在台湾人心中，西部是"前山"，东部是"后山"。花莲就在后山，是山水壮丽的度假胜地，也是经济不发达的偏乡。

1940年，杨牧出生之时，更是如此，"那是一个几乎不制造任何新闻的最偏僻的小城"，他在文章里写道。一个没有新闻的小城，沉睡于层层叠高的青山之下，靠着太平洋，"站在东西走向的大街上，可以看见尽头一片碧蓝的海色。"

杨牧原名王靖献，祖父是菜农，父亲两兄弟在花莲开一家印刷厂。当时台湾作为日本第一个殖民地，已被统治了45年。他记得自己坐在榻榻米上，榻榻米有一股稻草的味道，在太阳光下飘着浮着，"那时不少张三李四已经改名为渡边田中，夏日里喜欢穿一条相扑大汉的白色丁字裤在廊下乘凉，以不标准的破碎的日语互相请安。"

在他记忆里，花莲的日本人不多，只记得冬天的上午，寒气弥漫在太平洋的涯岸，峻岭俯视，峰顶积着白雪，他看到一个带长刀的军人，穿着军大衣在街上沉默地迈步，脸上似乎也是没有表情的，只是唇上的小髭带着一种寂寞的傲气。

当时日本皇军正节节败退，1944年夏秋之交，美国飞机出现在台湾上空，一开始所有的轰炸和扫射都集中在北部和西部较大的城镇，有一天，轰炸机也到达花莲港口，杨牧随家人坐火车往南边去避难，再回来时，日本人走了，台湾"光复"。

政权更迭，年少的杨牧并无所感，他只知道学校里多了很多南腔北调的老师。有的老师乡音之重，三宣其令，无人能懂。他记得，中学的老师分为两类，比较严峻的兄长型的是台湾老师，另一类就是漂洋过海的外省老师，他们比较放松，"有时带着难言的落寞的神情。"在这些外省老师那里，他受到了最早的文学启蒙，包括粤语念出的《秦风·蒹葭》。

另有一位胡老师，是湖南湘西人，闲时谈天，他跟杨牧说，"赶尸"

是真的。胡老师说得天花乱坠,杨牧听得张口结舌。为了转移话题,他说:"湘西出了一位大作家,对不对?"老师吃惊反问:"你怎么知道的?"

留在大陆的作家,已被国民党禁了。但是图书馆的管理老师看杨牧每天借翻译文学,惋惜他没有机会读中国小说,于是从上锁的柜子里拿出一本薄薄的书《八骏图》,叮嘱他不必登记,也不要转借别人。第二天,杨牧去还《八骏图》,管理员从柜子里拿出了《边城》。

1950年代的台湾,国民党宣导"反共文学",文坛肃杀,诗歌最早出现新气象。纪弦发起"现代诗"运动,主张学习西方,"新诗乃是横的移植,而非纵的继承",余光中则提出"新古典主义",几大流派各有代表人物,论战迭起,创作旺盛,是台湾现代诗的高峰。

在这样的风潮里,十五岁的杨牧,写下第一首诗。

二十四岁的杨牧回溯道:"我常常想这个问题,我到底是什么时候开始写第一首诗的?怎么写的?是什么力量压迫我促使我的呢?我仿佛看到子夜以后满天的星光,感觉到夜露的寒冷,听到子规的啼声。我仿佛看见莲花池里的绿萍,看到鲢鱼游水,看到青蛙和长嘴的彩色鸟。仿佛很多江南的马蹄和酒肆和宫墙和石板路召唤着我,仿佛看到宋代的午桥和拱门,红漆的拱门。"

四十七岁的杨牧则把这个神秘的时刻归于一次大地震,"大地一摇,摇醒了蛰伏我内心的神异之兽"，他目睹一个雕塑家如何将一块木头变成神像，这雕刻的过程，就是创造，而创造是多么迷人，"我将以全部火热的心血投入一件艺术品的工作……一个不能向任何人倾诉的秘密在我内心滋长，只有我自己一个人微弱地负荷着，在那遥远的时代，我知道我正在迟疑地向我的童年告别。"

十五岁的杨牧，开始写诗。他把作品发表在自己和学长办的刊物《海鸥》。高中毕业之后，他考入位于台中的东海大学。年少诗人的轻狂，他是有的，在和好友的通信中，他们都自称"寡人"（杨牧写道，"寡人欲报考历史系，足下以为如何？"），然而无论是花莲，还是台中，都不是台北。台北，是一切热闹发生的地方，新锐的潮流，遽起的名声。杨牧没有加入任何诗派，也没有参与论争。在诗人们的聚会中，他是"一连打翻三次烟灰碟而不色变的青衫少年"。他敏锐善感，又朴拙固执。敏捷应对外界变化，并非他的特长。无论是年轻时过多的感伤和堆砌，或是中年追想的神启时刻，他站在潮流的边缘，勤奋阅读、写作，诗情在内心孤独生长。

他决定，诗将是他表达世界本质的唯一方式。"我明白了，是从这里到那里的关系，是这里和那里的对比，冲突，调和，于是就产生了诗……诗于你想必就是一巨大的隐喻，你用它抵制哀伤，体会悲悯，想象无形的喜悦，追求幸福。诗使你现实的横逆遁于无形，使疑虑沉淀，使河水澄清，仿佛从来没有遭遇过任何阻碍。诗提升你的生命。"

当时的台湾，为了表明自己是中华文化的正统，中文系、历史系都倾向保守，专治古典，古典之中，又特重"小学"，不接受现代诗。杨牧选修《昭明文选》，第一堂课就听到老师说"这个年头啊，有所谓现代诗这个东西，完全是胡说八道，我看班上有人就是搞那个的"，老师在讲台上说了十五分钟，杨牧收拾书本，站起来离开了教室。

新思潮与新创作，都发生在外文系。最有名的，是1960年台大外文系的学生白先勇、陈若曦、王文兴、李欧梵创办《现代文学》，和"现代诗"一起，成为台湾战后文学的第一波浪潮。杨牧也从东海大学历史系转到了外文系，他读加缪、英诗，其中他最喜欢的，是浪漫主义诗人济慈。

同时，杨牧仍然到中文系修课。东海大学中文系有一位大学者徐复观，他被称为"新儒家四杰"之一，曾写过《两汉思想史》等著作。徐复观用近十周的时间，讲解韩愈的《平淮西碑》《柳州罗池庙碑》，仔细辨析字句、文法、结构。这对杨牧的写作风格影响极大，多年后他为师友写悼文，虽是白话文，行文结构，却是韩柳文的气势。"中文要写得好，别无他法，就是读古文。"他说。

年轻的杨牧一边翻字典读英诗，一边抄写李商隐的全集。读英国文学时，他在书缘写下中文里雷同的字句，读中国文学，则以英国文学附丽。从一开始，中英文就并列交错在他的写作中。

三

> 子之汤兮，宛丘之上兮。洵有情兮，而无望兮。
> 坎其击鼓，宛丘之下。无冬无夏，值其鹭羽。
> 坎其击缶，宛丘之道。无冬无夏，值其鹭翿。
>
> （《诗经·陈风·宛丘》）

在《诗经》中，这并不是一首有名的诗。有人解为讽刺诗，有人解为情诗，但都牵强。杨牧想象，这是一个舞台，有人击鼓，有人击缶，另有一人无论冬夏，手持缤纷的羽毛跳舞。这是一个什么样的人呢？陈国在地理位置上邻近楚国，同样巫风盛行，举国痴迷歌舞。也许，这就是一个迷狂的舞者。

杨牧问："林怀民，云门舞集，你们知道吗？"1962年，杨牧赴爱荷华大学读写作班，白先勇、余光中、叶维廉、陈若曦、王文兴、林怀民都先后到达，保罗·安格尔和聂华苓传奇的爱情也刚刚开始。台湾文坛璀璨的星空，年轻的人们发展各自的性情，"有一次一群人走着走着，林怀民冲到一根电线杆前面，绕了一圈。"杨牧干笑着，他是数学家一样的诗人，喜欢喝一点酒，但不过量，写诗时则一定不喝，理性、内敛，情感变化再三检视，表达时几度徘徊。《陈风·宛丘》中手持羽毛无论冬夏的舞者，让他想起林怀民的激情率性，他陌生的反面。

1972年，林怀民回到台湾，创办云门舞集。1993年《九歌》上演，用现代舞表现《楚辞》，阳刚健美的男舞者在舞台上几乎全裸。杨牧坐在台下，觉得这很不对，《九歌》里不是这样的，楚国的男巫、舞者怎么可能是裸体？他写信给林怀民，向他指出这一点。但是，"他居然一直都没有理我，后来的演出也没有改。"

杨牧又想到了白先勇。他说："白先勇就是学张爱玲啊。"白先勇和另外一个小说家郭松棻对坐，郭松棻说，先勇，你写的是通俗小说。"白先勇也不生气，就笑。我赶快说换个话题。先勇的风度很好，换了其他的朋友，百分之八十会生气。"

年轻的白先勇以《台北人》出名，后来难有佳作，晚年找到了另一项志业：推广昆曲。在美国时，他就常随一些怀念中国的老先生唱昆曲，白先勇特别兴奋，杨牧说起来却皱眉："我始终不大喜欢。你们有人喜欢昆曲吗？"

有三两个人举手。

杨牧问："为什么呢？"

有人答："因为……昆曲是一种完美的艺术。"

杨牧说："对，就是这样，我觉得，也太美了。"年轻时杨牧着迷的是古希腊史诗和悲剧，他读比较文学，"想把中西文化都解决掉"，关于戏剧，他想的是几代中国文学研究者挠头苦思的问题：为什么中国古代没有产生史诗和悲剧？可是，最终他没有解决这个问题，只写了一篇关于《桃花扇》的文章，其他统统没有研究，也不再感兴趣了。

时间形成秩序（两点上课，三点半休息，五点下课）。但课堂上有这样小小的漫谈，逸出文本。杨牧身后，午后的晴空下，窗外几只鸽子一直在咕咕咕咕地叫，扑腾着翅膀。这堂课，这几年在台湾的生活，又把我带回了文学。在话语纷繁的时代，能够沉静地读诗、谈诗，杨牧说，"阅读的乐趣大过了研究的乐趣，文学应该这样才对。"

四

1965年，杨牧收到徐复观的信，要他到加州大学伯克利分校拜见陈世骧。

陈世骧是海外汉学界的泰斗，他中英文俱精，曾与人合译《中国现代诗选》，1936年在伦敦出版，是中国现代诗介绍到西方的首例。1940年代，陈世骧赴美国，协助筹建了加州大学伯克利分校的比较文学系，是早期漂洋过海的汉学拓荒者之一。1950年代初，陈世骧首先将新批评运用在中国古典诗歌，以一万多字，评析杜甫的五绝《八阵图》，成为文学批评的经典。1971年，他第一次提出，与西方文学并列时，中国文学的荣耀并不在史诗，它的光荣在别处，在抒情的传统里。从此，"抒情传统"就成了中国古代文学研究的关键词。

此时的杨牧，即将从爱荷华大学写作班毕业，他除了必修的创作和翻译课，又选修了古英文、现代美国诗、比较文学等。朋友们暑期去纽约打工，赚下一年的学费生活费，但是杨牧在唐人街的中国餐馆转了一周，断定端盘子、洗碗碟不是理想的工作。很快有人找他翻译一本书，同时被邀的，还有张爱玲、於梨华。每天译书、写作、散步、喝咖啡，他已放弃了大学时最爱的诗人济慈，专心精读叶慈①全集。杨牧认为，这位最后的浪漫主义诗人在35岁之前，并没有超越拜伦、雪莱、济慈，但是35岁之后，却"扩充深入，提升其浪漫精神，进入神人关系的探讨，并且评判现实社会的是非"，从而超越之前所有的浪漫主义诗人。对于老师徐复观的信，他认为自己是写诗的，又不是做学问的，去见陈世骧做什么？

　　但他还是去了，带着两本自己的诗集，一路询问，准时站在陈世骧的办公室门前，敲门却无人应答。此时的杨牧仍有年轻诗人的傲气，觉得自己比张良还委屈。陈世骧来了，一手握烟斗，一手抓着一把信。在追悼陈世骧先生的文章里，杨牧仔细地描写了这次见面，他说，陈世骧先生并没有为迟到表示歉意。他捧上诗集，陈世骧随便看了一眼封面，开始拆信，不发一语，把杨牧丢在一旁发呆。杨牧的张良之情又不禁油然而生。陈世骧读完信，拾起诗集，仍然不发一语，专心读了好几十页，忽然脸上有了新的表情，说了些称赞的话。二人谈论起来。杨牧说有意读比较文学，大讲对史诗和悲剧的看法，"这时，陈先生已经变成一位

---

① 爱尔兰诗人叶芝，台湾译为叶慈，本文从此译法。

笑容满面的长者，快意地吸着烟，不时大声追问我的论断，又引述中西材料为我的畅言做修改，最后说，史诗和悲剧在中国文学传统里不曾发展成型，正是我数十年来时时思考的题目。"

1966年，杨牧从爱荷华获得硕士学位，他收到了哈佛大学、伯克利和爱荷华大学的博士录取通知。陈世骧写信给他说："放弃哈佛，到伯克利来！"

陈世骧的家在一座山坡上，是一座西班牙式的楼房，松树环绕，号为"六松山庄"。这里经常有很多留学生高谈阔论，有时，他们会谈到张爱玲。1969年，在夏志清的推荐下，陈世骧聘任张爱玲，作为"中国当代语言计划"的研究人员。张爱玲的办公室，就在杨牧隔壁。同在陈世骧门下行走的刘大任说，张爱玲是中国研究中心的"灵魂"，因她通常黄昏将近夜晚时出现，挨着墙壁行走，早上离开，有如女鬼。陈世骧羽翼下的学生不乏张迷，但也有人嗤之以鼻，小说家郭松棻说张是"姨太太文学"，杨牧也不喜欢，谈到张爱玲时称"那婆娘"。20世纪60年代的伯克利，是左翼圣地，反越战争民权的中心，也是嬉皮灵药文化的首都，各类议题的政治斗争与思想交锋热火朝天。随后，在美国的台湾青年，又掀起"保钓运动"。左翼的金戈铁马中，张爱玲的儿女情长被看轻，也并不奇怪。杨牧并非各类社会运动的热心参与者，他单纯是认为，"五四"以来的新文学，是语言的草创期，粗率不葺，只有湘西的沈从文，是个大作家。

杨牧在阅览室有一个固定的座位，他每天坐在那里，窗外隔着马路是英文系的大楼，再远些是总图书馆，更远是钟塔和山。他研究古英文、中世纪欧洲文学，他读《诗经》《离骚》《文心雕龙》和唐诗，学了德文、日文和希腊文，又对古希腊文学骤然产生狂热的兴趣，几乎想要放弃英国文学，专攻古希腊文学。陈世骧敲着烟斗笑着说："靖献，生也有涯……"

在伯克利，有两位流亡学者，每周四杨牧都与他们聚集谈天。一位是波兰诗人切斯拉夫·米沃什，他曾有一首长诗，描写三人在一起谈天的故事。另一位是西方汉学界的怪杰卜弼德(Peter B. Boodberg)。卜弼德是流亡的旧俄世家子弟，精通十多门语言。他曾写过一篇长文分析《康熙字典》二百一十四个部首，文章用英文写成，但是分析部首时常用其他文字注解，有时是希腊文、拉丁文，有时是俄文、德文。他说，三千年的中国文字传统，含涵深远博大，唯有用整个欧洲文明的三千年文字传统，方能注解清楚。

最初，卜弼德看不起杨牧，他认为比较文学不成其为学问，不过是巧立名目。杨牧选修了他的一门课，写期末报告时几乎精神崩溃，自认"读中国书以来，从未如此苦过"。结果，报告仍被卜弼德批得体无完肤。有了这次经验，杨牧心想，"以我的乡下人脾气判断，觉得卜弼德先生既然对我的研究如此苛刻，我非再碰碰他不可，要使他知道我们念比较文学的并不是完全不理中国的文字小学。"

不久，杨牧的博士资格考试委员会筹备成立，他向陈世骧说，希望卜弼德先生考他一门。卜弼德十分严厉，点上雪茄烟，问他："刘勰说屈原赋'金相玉式'是什么意思？"杨牧心知卜弼德意见与他不同，但还是好胜，当场顶撞起来，卜弼德气得不得了。口试虽然通过，杨牧仍悻悻然良久，觉得这个脸丢大了，非努力雪耻不可。于是，在博士论文委员会成立时，又执意邀请卜弼德加入。

1970年，杨牧把博士论文全稿寄给卜弼德，卜弼德回了一封用绿墨水写的长信："读完你的论文，我总算相信中西比较文学是一门可以研究的学问。"杨牧非常高兴，他听说卜弼德数十年来很少写那么长的信。但是，他又听说，卜弼德用绿墨水写，是因为绿墨水不能复印，而且容易褪色，因此有朝一日，他所写的都会烟消云散。杨牧听完，又觉得怅然。

1971年陈世骧先生去世，在追悼会上，卜弼德激动地抱住杨牧的肩膀说，"在伯克利的时候，我对你很严厉，我要你知道，诗人是诗人，学者是学者，诗人要变成学者，要经过严格的训练。"他又说："中国文学还是要你们中国人努力去开拓。"

在伯克利的四年，也许是杨牧最重要的一段时间。他曾放言说《诗经》不好，陈世骧大怒，说："小子浅薄，不识古人深厚！"他亲自教授《诗经》，最后，杨牧以《诗经》为研究对象，完成了博士论文。陈世骧和卜弼德教他认识中国古典文学传统，认识文字的历史，同时，他在悼念陈世骧先生时写道，古典文学使他学习谦冲忠厚的人格，"诗教是可能的。"

传统的与现代的，杨牧以此为题出版了一本书。晚清以来，这是中国知识分子的重大命题，一个古老文明遇到来自西方的强势文明，被迫改变、扭转方向。在"落后挨打"的逻辑下，一代代文学研究者痛心疾首，追问这个问题：为什么中国古代没有出现史诗和悲剧？杨牧也是如此，最后他放弃了。这终归是一个伪命题。换一个角度，人们也可以问：为什么西方没有出现昆曲？文明的发展不遵循同一条路径，这应该是可以理解的。杨牧脱去背后的价值判断，平等而精深地理解不同文明。传统的与现代的，不再是论文题目，它就深刻地盘错在生活的细节，熔炼出新的语言，广博、开放的文学世界。杨牧成为了世界诗人。

五

那年晚夏我们一起对坐：
你的好友那美丽温柔的女子
和你与我，谈话。
我说："一行往往必须好几小时；
可是我们来回拆补的工夫徒劳
假使它看起来不像当时顷刻即有。
那就不如双膝跪倒
厨房里洗地板，或像老乞丐
且敲石子无论风吹雨打；
因为要将上乘的音质整体展现
比作那些工更加劳累，然而

总被当作游手好闲，被吵闹的
银行员，教师，神职人物之类——
殉道者称之为世界。"

于是这时候
那美丽温柔的女子（为她
许多人将因为发现她的声音
如此柔美文静而怔忡于心）
回答："生为女人应该知道——
虽然学校里不教——知道
我们必须努力促使自己美丽。"

（叶慈《亚当其惩》节选，杨牧 译）

从伯克利毕业后，杨牧留在美国，教美国学生《诗经》《离骚》。有时他回台湾，教英诗、莎士比亚。行政事务缠身时，无暇作诗，他就翻译。他曾翻译了《英诗选译》《叶慈选集》和莎士比亚的《暴风雨》，作为上课的教材。这首 Adam's Curse，有人译为《亚当的惩罚》，杨牧译为《亚当其惩》，是在模仿《诗经》的句法。

亚当和夏娃被贬出伊甸园后，上帝惩罚夏娃生育之苦，亚当则要终身劳作。叶慈在这首诗里写道，诗人如同工匠一般，来回拆补，将上乘的音质呈现，花费了好几个小时，却要让人读起来像神灵附体偶得佳句。杨牧反复讲解，到下面几句，突然抬起头，有些困惑："我听有的学者说叶慈是大男子主义者,因为他这里说维持美貌是女性的职责,是不是呢?我觉得好像不是。你们觉得呢?"

"我觉得应该不是,他应该是一种赞美。"同学A说。

"我也觉得不是。"同学B说。

我忍不住举手:"我觉得是。诗人认为维持美貌是女性的职责,当然是啊。"

杨牧有点惊讶:"你这样认为?我觉得应该不是。"

我心里想,我觉得是的,但我仍然喜爱这首诗,它让我晕眩和喜悦。

当代读者无法逃离这样的矛盾。批评家哈罗德·布鲁姆认为,意识形态批评——马克思主义、女性主义、后殖民主义等等——毁了文学。学者们拆解、重构,运用理论话语,唯独忘记了美。布鲁姆的提醒是有益的,但是文学作为人心、社会的镜与灯,又不能忽视其中的偏见。作为一个写作者,我为叶慈对诗人工作的描述深深赞叹,但是作为女性,我随即直面男性的眼光,意识到自己的性别,愕然不已。

选修的同学最后留下了十个,有人本科读英文,有人来自马来西亚,但多半仍是中文系出身,杨牧说,你们读英文诗不会输给那些美国人、英国人、苏格兰人,因为你们已经读了这么多中国文学。美国记者何伟在涪陵教书时,有同样的评论。中国实在是个诗的国度,华人诵诗的传统,对诗的修养,是无愧于任何文明的。

在课外,杨牧安排每个同学半个小时的面谈时间,以弥补他出外旅行缺的课时。"半个小时就好了,不要让我太累。"他记下每个人的时间,一边抬头叮咛我们。那天下午,杨牧准时出现在办公室,隔着一张书桌,我们散漫地聊着,和上课时一样,口头表达不是他所擅长的,只泛泛地讲道,二十多年前,他曾到过中国大陆,也认得我母校的老学者们。我记得,他写过一篇文章《北方》,在北方的平原上,他想起自己的老师陈世骧,就来自这里。同行的外省诗人,如郑愁予,免不了经历亲人重逢、情绪起伏的场面,杨牧却感觉淡漠,他觉得这里的山水文化破坏得厉害,不是书中的中国,学者的不能自由发言,也令他失望。

这些他都没有讲,只温和又浅浅地,问我是否读过《一首诗的完成》。我说读过。这是他写给年轻诗人的十八封信,我记得书中一个细节,是杨牧年轻时第一次读李商隐,一边读一边抄写,从午后直到深夜离开,觉得繁星虽美,古典诗歌更美。

他点点头,说抄写是一个好方法,他在美国教《诗经》,有的美国学生一个学期下来,就抄写了整本《诗经》。

我说,大概也比较利于记诵。

他又露出了那种表情，似乎满腹精妙的想法，无法口头表达，只淡淡又若有所思地说：记不下来也不要紧的。

那什么要紧呢？在《一首诗的完成》里，他写到有一年冬天，独自开车在公路长驱，突然遭遇一场风雪，杨牧把车停在路边，等风止雪霁，眼前层云舒卷，散开，消逝，下面是一片幽深广大的山谷，更远处是点缀了无尽白雪的蓝色山脉。他在心里搜索合适的诗词句子，"帮助我形容眼前的爱和美，让我把握那一刻的发现。"搜索着，他突然感到一阵惊悸，瞬间觉悟：应该以全部敏锐的心灵去体验，必须于沉默中向灵魂深处探索，而不是搜寻有形的文字。古典诗词应该拓展，而不是替代人的想象力和体验，若博闻强识缺少了转化融会的能力，就会变成束缚。

杨牧看着钟，半小时过去了，下一位同学已经等在门外。

六

难以相信，杨牧经历的是这样风云激荡的年代。美国的反战运动、民权运动，台湾学生的保钓运动、民主运动、乡土文学论战、民主化浪潮……像当年现代诗论战不曾沾身一般，时代的浪潮时或激动着他的内心，但他远远地观望着。

在伯克利读书时，他每天经过红砖广场，目睹学生们的抗议。他看到军方在校园大门口摆了一张征兵的桌子，鼓励男生去登记。有一天，几个愤怒的学生走上前把桌子抬起来，扔到校外的街心。每天中午，广场上都有人在演说，反复阐释不当兵的道理，学生坐在红砖地上一边吃三明治一边听着。那时广场一端正在修建一座表演厅，中午工人也坐在那里吃三明治听反越战的呼声，三年后建筑物落成，工人都变成了反战专家，和学生联手对抗警察。

教授中世纪文学的教授 Alane Renoir，父亲是法国著名导演，祖父是印象派画家。他上课声嘶力竭，有时装疯卖傻，很像杨牧印象中的中世纪文学专家。有一天 Renoir 讲了一个故事，"二战"初期，希特勒的坦克大军征服荷兰时，一位荷兰籍的中世纪历史学家正在伦敦休假，虎口余生，伦敦记者请他发表谈话，对祖国沦亡之事稍作评论。这位学者拒绝发言，说："我研究的是中世纪历史，不是现代史！"杨牧认为，这个故事很可能是 Renoir 编出来讽刺中世纪文学学者的，意思是学者不能不问世事，必须介入现实。

伯克利所见所闻，让杨牧觉得，知识分子不能留在书斋，应该介入社会。可是如何介入？他选择了自己擅长的方式。1970年，他和林衡哲编辑"新潮丛书"。1976年，他和几个朋友共同成立了一家出版社"洪范书店"，以《尚书·洪范》得名，取"天地大法"之意，出版纯文学书籍，这家出版社今天仍然存在。1980年代，杨牧应高信疆之约，在《中国时报》开专栏，写些评论的文章。有时针砭时弊，有时介绍新知，总体而言，这些文章敦厚蕴藉，不作惊人之语。

1985年,他写了《赃》一文,批评教育部正在酝酿推出的《语文法》:"有一个朋友来信,责问我当此天下滔滔之际,遇到这么一件和文化命脉有强烈关系的问题,奈何一句话都说不出来?我确实是觉得说不出话来,有点想学鸵鸟将脑袋藏在沙堆里,倒不是因为害怕,而是觉得很不好意思,也不是为自己觉得不好意思,而是为这时代之粗暴野蛮感到俯仰惭愧。或者当我不要学鸵鸟的时候,忽然又想起这传说中的'语文法',辄陷入一种包含了愤怒和悲哀的休克状态,因此也就没有话说。"

这篇评论,报社没有发表。杨牧觉得自己与报社两相不能忍耐,停掉了专栏。

诗人如何参与社会,始终悬在杨牧心中,是一个问题。1986年,他在给年轻诗人的一封信中写道:"如何以诗作为我们的凭借,参与社会活动,体验生息,有效地贡献我们的力量,同时维持了艺术家的理想,而在某一个重要关头,甚且全身而退,不被动地为浩荡浊流所吞噬,或主动地变成权力斗争的打手,为虎作伥,遂失去了当初所谓参与的原意?"社会责任固然要有,但是它有时会侵蚀了诗歌,杨牧写道,白居易在主张诗的讽喻功能时,竟因此贬抑李杜的诗歌成就。反复思量,他给出的解决方案是:掌握尽量多的文类,处理不同的题材,如宋代大诗人欧阳修一般。这是一种挑战,一条危险的窄路,不过,"你既然是诗人,也是一个弘毅的知识分子,你怎么能置身度外?"

1980年,"美丽岛"审判期间,发生了"林宅血案"。有人闯进政治犯林义雄家里,杀死了他的母亲和双胞胎女儿,此案至今未破。杨牧在美国看到这则消息,写下了《悲歌为林义雄作》,他从来没有写过这么直接、这么大声的诗,同时,这也是一首坏诗。四年后,杨牧收到一封年轻人的信。当时他在台大教课,期末监考时,学生在答题,他在讲桌上写下《有人问我公理和正义的问题》。这首诗像杨牧所有杰作一样,往复回旋,音韵动人。想获得答案的人要失望了,他只是沉思、想象,描摹一个愤怒的年轻人,字句在极小的范围内摆荡,回声却成为一个恢弘的宫殿。

他常常讲到叶慈,这位爱尔兰诗人,钟爱革命者毛特·岗,为她写下许多情诗,包括著名的《当你老了》。但是毛特·岗拒绝他的求婚,嫁给了另一位革命者约翰·麦克布莱特上校。麦克布莱特死后,叶慈两次向毛特·岗求婚,都被拒绝。1977年,杨牧写下《右外野的浪漫主义者》,在文中书写叶慈,屡屡自况。

他说,叶慈是一位寂寞的人,被排斥的右外野手,孤独站在局外,嚼着地里扯出来的青草,看他的朋友们在局里商议厮杀,以血肉创造"可怕的美","我相信叶慈对爱尔兰的爱绝不下于麦克布莱特上校他们,可是他选择的竟是一条完全不同的路。"

七

七月流火,九月授衣。一之日觱发,二之日栗烈;无衣无褐,何以卒岁。三之日于耜,四之日举趾;同我妇子,馌彼南亩。田畯至喜。

七月流火,九月授衣。春日载阳,有鸣仓庚。女执懿筐,遵彼微行,爰求柔桑。春日迟迟,采蘩祁祁。女心伤悲,殆及公子同归。

七月流火,八月萑苇。蚕月条桑,取彼斧斨,以伐远扬,猗彼女桑。七月鸣鵙,八月载绩。载玄载黄,我朱孔阳,为公子裳。

(《诗经·豳风·七月》节选)

《豳风·东山》,是《诗经》中一首重要作品。士兵跟周公东征三年,终于能够回家了。杨牧要我们想象这是一部电影的镜头,士兵离家越来越近,他在旅途露宿,他想象家中荒芜,生了各种虫子,他想象妻子在家等待,他回忆起新婚之时,鲜衣亮马,当时如此美好,现在如何呢?——也许唱到最后,他已经到了家门口。

诗中"熠燿"一词用了两次,形容宵行(萤火虫)和仓庚(黄莺),"可见以前的诗人是不怎么讲究的,不像现在这么累,不能重复……所以你们知道我为什么这么兴奋了,当时文字还在形成中……最早编一本字典得有多难呢?"他沉吟,"有一次一个德国记者问我,中国有没有编过大字典?我气得要命,我们编字典的时候,你们德国文学还没有呢。"我们很少看到杨牧这样动感情,笑起来。他却很认真:"真的,德国文学最早是马丁·路德,之后几百年都没有,直到歌德,19世纪……18世纪好了,给它算早一点,我们《尔雅》《艺文类聚》,早就有了。"他说着,微微地喘起来。

一个女同学嘎嘎笑着:"老师,你真的很气耶。"

杨牧不知如何应对:"啊?"半晌之后,翻书道:"我们来看下一首。"

一位来自马来西亚的同学,用粤语朗读《豳风·七月》。语音铿锵,跌宕更甚。这首《诗经》中最长的诗,写的是周朝农作生活。

诗中出现了两种历法,"七月""九月",是夏历,类似农历,"一之日""二之日",是周朝的历法。"有人说,这里面怎么有两个历法?为什么不可以有?我们现在不就用两个吗?还三个呢。"杨牧说的是台湾目前既用公元,又用农历,又用中华民国纪年,他持续着一种不以为然的表情,"不要怀疑文本,才是好学生。"

虽然以时间开头,却又不是顺序叙事,诗歌内部时间交错,重复的频率也不同,为什么会这样呢?杨牧想象,也许是大家坐在一起轮流唱,"第一个唱的人,也许是玉洁,她天分很高,两个历法都上来了,唱了十一句。第二个被点名的人,一时没有准备,就重复了前面两句,然后才开始唱自己的。第三个人,已经有所准备,就重复了一句。"

今天人们没有耐心也难以读懂这首诗,一方面是古文犹如外语;另一方面,在剧烈的现代化/城市化进程中,农业生活相去已远,我们不清楚荒年果腹的野菜,也不了解丰年酿酒的喜悦,不了解荇菜浮于水面、花开金黄色,也就无从联想"参差荇菜,左右流之"的画面,到底如何令人"辗转反侧""寤寐思服"。

在这个课堂上，我们耐心查阅字词含义，慢慢咏诵，以古老的阅读方式，看到两千年前人们的生活，悲哀与喜悦，歌与诗，原来与今天相通。朱熹注《诗经》，尽管常引向讽谏，有些无聊，但是字词解释极其详细，杨牧说，朱熹这个人很可爱，为了让大家读《诗经》，苦口婆心。如此说来，杨牧老师在课堂上，也是如此苦口婆心，让我们理解《诗经》的美。

从伯克利毕业之后，杨牧一直在教书。他每年重读《诗经》《离骚》，仍有新的体会，他说，这是没有终点的诗，结局是开放的。

1991年，他参与创办香港科技大学人文社会科学院。1994年，故乡花莲创办了东华大学，杨牧担任人文社会科学院院长。2013年，他从华盛顿大学退休，73岁的他，仍然在教授《诗经》和叶慈。他小心地调和、安排，固执笨拙，却保护了内心的完整与自由。外部世界天翻地覆，他静立在树下，忖度风吹叶落时宇宙的秘密。

春天，在太平洋边的小城，师生们朗读杨牧的诗歌。瑞典汉学家马悦然前来访问，他正在将杨牧的诗翻译成瑞典文。此前不久，杨牧受邀到北京演讲，北大中文系教授陈平原说，难得有这样博学的诗人，杨牧的写作，让我们知道尊重知识，知道写诗有一种精神系统在里面，而不是一触即发的行为。

会有更多的人们认识杨牧、会有更多的赞誉来临吗？他仍低调行事，不在任何风潮中心，一直地处边缘（花莲、台湾、美国……该如何定位一个在美国的中文诗人？）使他的名声与成就不相匹配，而且，互联网时代来了，对纯文学是福是祸尚未可知。在这时，为何要读杨牧？台湾作家陈文芬这样回答：杨牧的诗歌有关雅言与口语、现代与传统，"从一个大师身上，我们可以谈论文学历史的问题。"

荒芜青春路

> 理想落空并不可怕，可怕的是看它终于成为笑谈。
>
> ——穆旦（引言）

一

1978年，徐晓在北京师范大学中文系一年级的会议上听到了自己的平反通知。22岁的她已经经历了两年的牢狱生涯，三年前的一个深夜，被骗下楼戴上手铐送往监狱时，她不知道发生了什么事，可是此刻罪名被平反，她心情平静得令自己惊讶。多年以后，还会有人赞誉她是反"四人帮"的英雄，——这是她无论如何也不愿承认的。

在她看来，这只是懵懂的青春，和时代的玩笑。

一切起源于书本和信件。1970年初,"红卫兵"度过了"文革"高亢的开端,"上山下乡"使他们接触到了社会底层的现实,世界似乎和他们想象的不一样,他们感到了精神上的困惑和饥渴,他们想要了解更多。可是当时的精神高压下,除了马列著作和毛选,其他书籍都被禁绝。北京的年轻人在废品收购站寻找那些因"抄家"而流出来的书本,并很快在一些小圈子里流传开来。

在传阅书籍的地下文学圈子里,有一个关键人物赵一凡。按照北岛的回忆,此人身患残疾,脑袋大,身子小,但他精力极其旺盛。赵一凡有一种"危险"的嗜好,或许是因为身体不便出行,他要把世界收藏在自己的房间。他收集传单、报纸、大字报底稿、作品……他写给别人的信,都要留一份底稿。他甚至有一个翻拍机,来翻拍他过手的书籍和作品。可是在恐怖年代,这些都会成为罪证。

赵一凡出身干部家庭,所以家里有一些书,他也花工夫寻找小说和诗歌,并以最快的速度传阅给更多的人。徐晓从他那里借到的第一本书是车尔尼雪夫斯基的《怎么办——新人的故事》。这是一本不太会被后来者阅读的著作,然而,徐晓说,小说主人公拉赫美托夫是当年青年理想主义者效仿的对象,出身贵族,有遗产,有爵位,却甘愿充当贫民的代言人,甘冒杀头流放的危险投身革命。很难说是出身贵族,还是献身革命更吸引读者,我猜是兼而有之,它连接了革命教育和个人主义,吸引了共产主义教育下的一代。

读了《被侮辱和被损害的》之后，徐晓给赵一凡写信说："我们无缘享受陀思妥耶夫斯基笔下的'精神的苦刑'，这位残酷的天才把他笔下的主人公放在最残酷最卑劣的境地提炼崇高，要使我们的精神在严格的意义上称得上崇高，必须经受这种磨难，以达到自己改造的目的。"

徐晓和赵一凡，以及其他朋友有许多这样的通信。他们也想到，通信是会被拆开审查的，但是，他们居然在信里互相提醒，要小心，这封信有可能会被审查。

多年后徐晓回忆说：你说，我们这么傻，怎么可能做什么事？我们怎么可能是有意识的反革命集团？又怎么可能有做英雄人物的意识？

然而，就是这样的通信，和某一个人的吹嘘，互相通信交流思想的年轻人成了"反革命集团"，徐晓是其中一员。这种情形只有荒谬可以形容。年轻的徐晓背负了不能背负的罪名，继而转化成不能背负的使命。

她说："我不是一个遇罗克式的自觉革命者，我缺乏最起码的政治常识，我是个名不副实的政治犯。"

二

1978年冬天，被宣布平反的徐晓仍然在迷惘中。在读大学的她，一周一次去赵一凡家就像是家庭作业，从未落下。赵一凡是她当时的精神支撑。这天,她到朝阳门前拐棒胡同去看望赵一凡。赵家胡同口是人民文学出版社,在出版社门前,她看到几个年轻人正在张贴油印宣传品,那就是《今天》创刊号。其中一个瘦高个儿年轻人叫赵振开,笔名北岛。

天色昏暗,徐晓看不清楚刊物的内容,但是自办刊物这种形式就让她兴奋不已。从第二期之后,她加入了《今天》编辑部。

我问徐晓:"当时你在《今天》是什么样一个角色?"

"嗯……就是打杂的,我是他们的粉丝。我非常仰慕振开、芒克他们。"

由诗人北岛、芒克,画家黄锐发起的《今天》,慢慢形成了一个作者队伍。同时由于是手工印刷,所以工作量很大,编辑部变成手工作坊,许多人义务帮忙干活。北岛回忆说,这些人里面有护士、售货员、大学生、工人、待业青年。徐晓就是其中一个,她不是《今天》耀眼群星中的一个,她只是"干活"。

1990年代,从回忆自己的丈夫开始,徐晓写作一系列散文,回忆《今天》,回忆1970年代,回忆自己的青春,这些散文结集为《半生为人》,被许多评论者称为当年最好的散文集。

和许多人一样,我被徐晓在文中的真诚打动了。正如当年谦卑地认为自己没有文学天分一样,她近乎苛责地拷问自己的内心,也真诚地暴露对丈夫的爱、怨言。她勇敢地面对了逝去的年代。

2008年春天的一个周末,我来到徐晓位于北京北郊的家里。她正忙着烤蛋糕,把面粉、黄油搅匀,小心地把苹果切成均匀的小块放在蛋糕上——这是为我,一个普通记者而做的。在采访过程中,她一直竖起耳朵,生怕错过了烤箱那"叮"的一声。如果掌握不好时间,蛋糕可能就失败了。

在朋友的眼里,徐晓是一个好朋友,好主妇,做她的朋友,会很占便宜。那天下午有几个朋友前来拜访,徐晓赶快下楼端上蛋糕,煮好咖啡,在她殷切的招待中,我的确感觉到了她跳跃的快乐。

我没有想到她的个子这么矮小,《半生为人》中有一张她1970年代的照片,长发的她倚在杨树上,青春逼人。

上一次见到徐晓,是在一个关于"七十年代"的沙龙里。她化了淡妆,头发烫过,染成黄色,像是稻草人。她的声音嘶哑,又有力道。仿佛一个人说了很久的肺腑之言。

在座的年轻人问徐晓,你们那个年代到底是什么样的?徐晓说了很久的理想主义。

我想起《半生为人》里的一段话:"如今的年轻人到了中年将无从体验这种失落的痛苦,因为那个时代已经一去不复返了。即使他们仍然可以阅读我们读过的书，仍然可以像我们当年那样彻夜畅想，但是他们思维和感受的方式已经不同了。他们不了解，甚至也不愿了解充满着神秘与眼泪的理想主义。这种理想主义已经逝去了。对我们这代人来说，那或许是一抹残阳，或许是一缕阴影，但对于今后的年轻人来说，那是一种无从想象的存在。"

我想，"理想主义""理想主义者"今天还活着，它会活在每个时代，只是每个历史时期的"理想主义"都会有具体的差别，那些"逝去的""无从想象的存在"，到底是什么？

徐晓说："我们当年的理想主义，包括集体主义，英雄主义，献身精神，不管在情感中还是社会生活中，都会有这样的东西。"

我请她举一个例子，以说明当时一个典型的理想主义者会怎么做。徐晓想了一想："比如一个男人，他喜欢一个女孩，可是他发现另一个人也喜欢那个女孩，他就让了。"

"这个人是他的朋友是吗？"

"对，这个人是他的朋友。他觉得自己有点英雄主义气概，自我牺牲。不可思议吧？"

"他这样做是觉得自己有美德？"

"对。他不觉得情感问题是很私人的,这种让不是成全别人,也是对别人的一种破坏。"

徐晓举出感情的例子,多少让我觉得有点惊讶,想想又觉得很准确。那一代受的教育是解放全人类,救他国人民于水深火热之中,实现共产主义理想。可是这并不是一个凡人,即使是一个理想主义者有机会去实践的信念,而所谓"无私忘我""自我牺牲"更可以在个人生活中得以作用。

影响过那一代年轻人的《怎么办》当中,一个人物罗朴霍夫假装自杀成全了朋友和妻子的恋情,这使徐晓感动而钦佩。据说,这个故事诠释的是"合理的利己主义"理论:使别人快乐和幸福是为了自己的快乐和幸福。

举出感情的例子,也许和身为女性的特点是分不开的。1985年春节前夕,徐晓和周鹏英结婚了。周鹏英童年时生病,结果遇到医疗事故,长期患有肠部疾病。严重时发展到肠瘘,肠子粘在肚皮上,溃疡后在肚皮上穿了一个洞,任何食物吃进去等不到被吸收就流出来。

周鹏英在徐晓之前的女朋友,就是因此没有和他结婚。徐晓不然,这似乎根本不在她考虑的范围之内,不仅如此,她还非常鄙视因病体而放弃爱情的想法。像罗朴霍夫一样,为自己爱的人付出,她觉得幸福。

周鹏英是自我牺牲的男性版本。他对徐晓讲过一件事:他们厂里的一个工人，有三个孩子，夫妇两人每月只挣五十多块钱，冬天一家人吃白菜和咸菜，夏天买撮堆儿的黄瓜，他平时经常接济他们。一次过年，周鹏英给了那个人二十块钱。过年之后，他看到那个工人穿了一件新衣服，心里很不是滋味，忍不住对他说："钱是给孩子改善生活的，如果你买二十块钱肉，一顿都吃了我也没意见，需要我还可以想办法，可不是给你买衣服的。"没过几天，那人死活把钱还了周鹏英。

这事已经过去了很多年，但是周鹏英讲起来仍然非常激动。他说："你不知道当时我多恨自己，我恨不得打自己几个耳光。他也是个人，别人能穿新衣服为什么他就不能？他也是个男人，是三个孩子的父亲，他为什么没权利决定自己能不能穿一件新衣服？就因为钱是我的，就因为我还拿得出二十块钱，我就有资格教训他，伤他的自尊，我成什么人了！可你不知道他的三个孩子多惨……"

这段严苛的自我谴责，像陀思妥耶夫斯基笔下的人物一样，惊心动魄。

更能说明周鹏英为人的是他的一次恋爱。对方离了婚，在外地的一个工厂工作，北京只有一个年迈的母亲帮她抚养女儿。在她没有调回北京之前，他几年如一日地每周去给老人提水、搬煤，以后又为她的调动四处奔走。周鹏英把这比作背十字架。可是他的母亲不同意他娶一个结过婚而且有了孩子的女人。他不愿伤害母亲，他背负另一个十字架，和对方最终分手至死未见。

忍耐、牺牲，甚至自我伤害，混合了共产主义教育和中国式道德，当徐晓成为周郿英的妻子，就同样成为苛责的对象。他仍然是一个好朋友，好兄长，但却不算一个好丈夫。他对物质的蔑视赢得了很多人的尊重，但在琐碎的家庭生活中却成了障碍。他们因为许多琐事——丢了一块发黑的面团，要不要住进楼房——吵得不可开交。

周郿英生病后，徐晓买了三箱口服营养液，极度节俭的周郿英无意中得知花了不少钱，嫌徐晓大手大脚死活不吃。女人为家庭而牺牲自己，男人为了世界牺牲自己和妻子。性别关系奇妙地插入看似清晰的信念，让徐晓在个人幸福和丈夫的信念之间挣扎。

整个八十年代，徐晓把自己奉献给了婚姻。像最初参与《今天》时一样，她没有意识到自己身处重要的时代，也无暇参与其中。1994年，周郿英去世。次年，徐晓写下《永远的五月》，开始对自己心灵史的探寻。

徐晓投身工作，帮助不能发声的人们。"理想主义"中的集体主义、英雄主义留在了永远的1970年代，而自我牺牲溶入了她的血液。可是正如她所说的，充满神秘和眼泪的理想主义已经逝去了，这是一个物质主义的时代，而压力并未解除，理想主义变成每天对自己的拷问，问自己为信念、正义、朋友做了什么。在日常生活中，在一些行动中，她获得暂时的和解，但拷问永在。

三

和徐晓不同，1978年冬夜在人民文学出版社门口张贴《今天》创刊号的北岛，对于自己所处的历史时期，对于自己将要做的事情，有相当程度的自觉。

几年前，在"文革"后期，北岛和诗人芒克、画家彭刚一起讨论屠格涅夫的《罗亭》。北岛说，如果有一天中国有这样的可能，我们应该做什么？我们应该为之战斗。1978年筹办《今天》时，北岛跑去找彭刚，说你当时怎么答应的？不是说要一起战斗吗？现在已经到时候了。彭刚那时正准备出国，他说那不行，我承诺过的事情太多了，我要承诺以后再也不承诺了。

但是北岛和芒克早有这样的心理准备，决定真有一天有这样的机会，一定不能错过。于是1978年12月23日，《今天》创刊，成为中国当代诗歌复兴的起点。1980年被停刊。

1978年，《今天》创刊之时，我出生在中国西北一个县城。等我稍大一点，会发现家里仅有的阅读资料，是爷爷柜子里的《三国演义》《水浒传》《施公案》。《今天》的人们生于一个压抑的年代，然而他们的幸运之处是，他们身在北京，可以营造交换书籍的地下圈子，也可以找到自己的声音——虽然发出它，就惹来灾祸。而整个1980年代，精神的贫瘠仍然以惯性的力量存在于中国大部分地区，存在于大部分孩子成长的路途中。

1998年,我在诗歌寂寞的年代,读到那首著名的《回答》:

> 卑鄙是卑鄙者的通行证,
> 高尚是高尚者的墓志铭。
> 看吧,在那镀金的天空中,
> 飘满了死者弯曲的倒影。

> 冰川纪过去了,
> 为什么到处都是冰凌?
> 好望角发现了,
> 为什么死海里千帆相竞?

> 我来到这个世界上,
> 只带着纸、绳索和身影,
> 为了在审判之前,
> 宣读那被判决了的声音:

> 告诉你吧,世界,
> 我——不——相——信!
> 纵使你脚下有一千名挑战者,
> 那就把我算作第一千零一名。

21世纪初,北岛在一次访谈中表示,这一类的诗"是官方话语的一种回声","有语言暴力的倾向",他对这些早期的诗歌觉得"惭愧"。可是我仍然可以想见这首充满怀疑、愤怒的诗,被许多青年背诵的样子。那是压抑已久的人类情感突然爆发的年代。

今天中国已经折往另一个方向,八十年代作为精神探索的热闹年代,已经成为人们怀想的对象,而启蒙和酝酿的七十年代早已被遗忘。

几年前,我问一个"80后"的朋友:"你知道北岛吗?"她想了一想:"在哪儿啊?"我顿时大笑。这真是一个完美的笑话,集合了种种复杂的元素:有文字的双关,诗歌在今天极度边缘化的现状,有年轻一代对过去这几十年的无知,虽然罪责不在他们,但是这结果却真的触目惊心,而在最后,是北岛本人命运的浮沉——一个曾经处在文化运动中心的人物,出色的诗人,今天却已被人们的记忆流放。在海外流亡将近二十年后,"北岛"渐渐将要成为地理概念。

在21世纪第一个十年快要结束的时候,我在香港见到作为人类的北岛,他头颅像身形一样瘦长,戴一副眼镜,短发之下,两只耳朵像天线一般伸出。笑起来可以想见年轻时是一个清秀、严肃的人。他极其寡言,却又极诚恳、厚道,一旦开口,几乎全盘托出。徐晓在文章中写道,《今天》创刊之时就自知面临危险,北岛对参与编辑事务的两个女孩子说:"如果有人找你们麻烦,你们什么也别承认,都推到我和芒克头上。"这样的担当和韧性,足以成为那一代的领袖人物。

谈及这近二十年的流亡，北岛已经十分平和，可是我想起在散文集《青灯》里面，北岛回忆起冯亦代老人询问他在海外的情况，"我纵有千般委屈，又能说什么呢？'挺好。'我讷讷地说。"

我也时时记得在另一本散文集《失败之书》里，北岛写道："我得感谢这些年的漂泊，使我远离中心，脱离浮躁，让生命真正沉潜下来。在北欧的漫漫长夜，我一次次陷入绝望，默默祈祷，为了此刻也为了来生，为了战胜内心的软弱。"

三十年过去，借着纪念改革开放的名义，《今天》又被人们从历史中唤起。可是三十年，一个人的青春与壮年都已过去，一代人的青春和壮年都已过去，在层出不穷的变化之中，没有人为过去留存记忆的空间，除了身在其间的人们。

采访是一个奇妙的过程，我不断地返回到起点。想象建筑工人赵振开忙完了一天的苦力，在夜晚的通铺上打开自制的台灯，开始阅读借来的现代派文学著作。这些内部出版、仅供司局级干部阅读的"黄皮书"，包括《等待戈多》《审判及其它》《在路上》等，和之前看到的浪漫派文学不同，它们表达的荒诞感、分裂感，契合了他信仰失落后迷惘的心态。我想象年轻的犯人徐晓，在监狱里开始一天的生活，她不知道自己为什么被关押，但是当预审员让她把所有看过的书都写出来，她很得意地写满了整整一黑板，然后又写满一地，——她为自己阅读的勤奋而骄傲。

1978年，这些不停追索的年轻人因一本杂志而汇聚，他们想要创造不一样的东西。这一年被命名为一个时代的起点。而每次提到这个年份，我就想到，我出生了。创造不停地被打断，可是希望总在萌生，在某些深处，隐藏着看不见的承继，这就是我们回头的意义。

何伟的三场演讲

一

当何伟从涪陵宾馆大堂的人群中穿过来的时候，没有人注意他。

他身高175公分，棕色头发，穿着深蓝色外套。要面对面时，才会注意到他深陷的、漂亮的眼睛，眼睫毛长而上翘，足以令许多女孩妒忌，但是总体而言，就像"何伟"这个名字一样，他拥有隐藏于人群中的特质。

但是十五年前，何伟第一次来到涪陵的时候，可不是这样。他和另一位美国和平团的志愿者亚当走到市区，有人大叫："来了两个外国人！"有人叫："哈啰！"于是又有人叫："来了两个哈啰！"人们拥过来，从路边拥到大街上，堵住了交通。

涪陵是长江边的一个小城，人们在乌江与长江会合处聚居成镇。三月该来的春天没有来，寒冷仍然公开地占有所有人。天空是不干净的灰色，偶尔下起雨来。这是江城，也是山城。对于来自平原的人来说，在涪陵永远都要爬山，下山。司机在很陡的坡上停车，行人像在山里走小路一样，随意地在车流里横穿。建筑有两种，比较旧的依山势而建，上上下下错落有致，而近年修建的大楼，则十分宽阔，假装这是平原。

和十五年前相比，涪陵依然混乱、吵闹，但是市区大了许多，城市化使市区人数从当年的20万人增加到40万人，而涪陵政府提出，要建设100万人大城市。对于何伟来说最重要的是，他不再是那个恐怖的焦点了。

在中国，人们知道涪陵，是因为它的特产：榨菜。而在英文世界，如果有人知道涪陵，多半是因为何伟的书《江城》。

1996年，何伟作为美国和平工作团的志愿者来到涪陵师范学院教英文。和平工作团是美国政府资助的机构，送年轻人到第三世界国家。何伟之所以来到涪陵，是因为在所有可能的选择中，这里距离成都——和平团总部——最远，领导不太会来。

当时的涪陵，不通铁路，公路状况十分恶劣，如果要去哪儿，必须搭船。那一年，邓小平南巡讲话过去了四年，东南沿海已经掀起了商业大潮，三峡大坝开始动工，重庆还没有成为直辖市，涪陵还是四川省一个贫穷的小城，历史坐标中一个安静的点。

两年后，何伟结束和平团的工作回到美国，他用四个月写下《江城》，记录在涪陵的生活。之后，他来到北京，继续观察、写作中国。2011年2月，他第三本关于中国的书《寻路中国》中文版出版，这也是他第一本在中国大陆出版的书。这时，他已经被公认为描写中国最好的当代西方作家。

他再次回到涪陵，在久违了的涪陵师范学院——现在已改为长江师范学院，何伟做了两场演讲。

二

第一场在老校区，何伟曾经工作和生活的地方。这里依山而建，与市区隔乌江相望，小而优美，有旧时代的好品味，和岁月经久之后复杂的生态。何伟住过的公寓已十分破旧，绿色窗框里的玻璃已经破了，但当时却是学校最好的公寓楼。从六层的阳台上，看得到玉兰、泡桐、香樟树，乌江混浊地流过。由于扩招，长江师范学院从原来的2000名学生，扩到一万多，老校区不够用了，学校在郊区的山上买了一块地，作为新校区。这里只容纳一年级的新生。

暮色降临校园，在阶梯式的学术报告厅，何伟用中文演讲。他没有站在组织者安排的高高的讲台上，他站在下面，一边走动一边讲。当有学生提问，他就走到那个人面前，仔细聆听。

他展示了一些照片，讲述的内容主要是《寻路中国》里的一些片段。他在北京租了一辆车，往西部开，路上遇到了一些有趣的人和事，像是一部流浪汉小说。

学生们大部分是川渝一带的典型长相，矮个子，圆圆的脸，红扑扑的，气息朴实，女生很喜欢穿玫瑰红的羽绒服。他们大部分没有看过何伟的书，也不知道这个人，在演讲结束后请何伟签名时，有一个女生拿的是自己的数学课本。这不能怪他们，当地最主要的书店是新华书店，书的译者，也是长江师范学院的老师李雪顺想跟新华书店联系做一场活动，但被拒绝了。《江城》出版之后，涪陵师范学院组织英文老师翻译了全书，但是书中对于学校政治氛围毫不留情的批评，注定不会被校方喜欢。没有学校领导来参加这个原本值得荣耀的活动，而地方政府领导的反应是，宣传涪陵当然好，但是如果破坏涪陵的形象，那肯定不行。

事后，我才知道，由于学校怕太多人参加活动，会"拥挤，造成事故"，所以宣传很少，最重要的是，学校规定每个班只能来三个人。于是，基本上每个班来的都是班长、团支部书记和学习委员。

使用中文让何伟很紧张，尽管他的中文已经很好了。他有节奏地在演讲中安排笑话，迎来预期中的笑声。演讲结束后，他朗读《寻路中国》的英文片段，李雪顺读对应的中文。他在书中提到了驾校考试的几道题目，在他的讲述中，那几道题目，正如在中国看到的许多事一样，有着显而易见的荒诞性。

大约四十分钟的演讲与朗读之后，何伟请台下的学生提问。和他当年的学生不一样，这些学生出生于 1990 年代，他们是独生子女，毕业后不被分配工作，他们身处网络时代。老师们抱怨他们成天打游戏，而他们则抱怨被剥夺了自由。

一位女生第一个举手，她用非常流利的英文开头，然后用中文问何伟："你这本书是 2001 年完成的……"

何伟犹豫了一下，轻声说："不是。"

女生问："是，还是不是？"

何伟说："不是。"

"好，不是，那你现在再次回到涪陵，你到北京、上海，你觉得中国最大的变化是什么？"

"中国最重要的变化，我以为是人民开始搬到城里。好多以前是种地呀，现在搬到城市……好多国家有这个经验，美国也有，欧洲也有，但是中国的速度比较快，也是因为人口比较多。"

女生没有问完："那从整体来说，你觉得这是一个好的趋向，还是一个会带来问题的不好的变化？"

何伟说："很难说好，还是不好，我觉得是必需的。中国要现代化，不可能有那么多的农民，那么少的地，但是肯定也会出现一些问题。"

女生接着问："你看到很多缺点，也看到很多优点，但是作为一个文化的交流者，能不能把更多美好的东西写出来？"

接下来有学生说："中国农村人口众多，劳动力也多……相对于美国，你觉得中国的发展优势是什么？"

年轻的学生们很少冷场，被点中的同学通常有一连串问题，这时候，其他人举起相机、手机拍摄何伟。这些问题多半是问何伟对于中国的看法，骄傲的民族自尊心无处不在。他们对于正在讲话的这个人没有什么兴趣，他是美国人，来自密苏里州，他在中国经历了什么？……学生们没有问。关于中国，他们在寻找的，也是某些确定性的答案。他们关心美国人怎么看中国，好，还是不好？"好"当然是标准答案。他们还没有被培养起对于他人、其他文化的好奇心，就像没有培养起对知识的好奇心。如何伟在书中描述过的，中国学生很勤奋，尊敬老师，但是也比较封闭，不开放。

最后一个问题，一个瘦削的男孩被选中，他站起来，很客气地问："请问一下，根据您这些年的观察，您觉得中国未来会接受美国的核心价值观吗？就是自由和民主。"全场响起了掌声，夹杂着笑声。

无论被问到什么问题，何伟的表情都很严肃，让人感觉他会认真对付每一个问题，要不然就是中文真的让他紧张。对这个问题也一样，他回答说："这个问题应该由你们自己决定。你们这些年轻人决定。"

演讲结束后，他对记者说，十几年前，不会有学生提这样的问题。"因为是公开的场合，所以我用了外交语言，"停了一下，他说，"不过，那也是真的。"

三

两天以后，何伟在长江师范学院新校区做另一场演讲。这个校区距离市区车程半小时，它具有中国当代城市规划与建筑最重要的特点：大。好像把山炸平了，建成一片宽阔的平原。在这平原里，有草坪，有小河，有假山，河边的石头有一些是水泥伪装的。校园太大，赶去上课的学生怎样成群，都显得很稀疏。只有在音乐厅门前的空地上，形成了围观的人潮。那里一位女老师举着话筒在唱红歌，后面是十几个漂亮的女生伴舞，再后面，更多的女生举着粉色的假花一动不动。

路上的学生都不知道何伟的活动。知道这个消息的学生大概都已经在学术报告厅等着了。女生趴在窗前用重庆话说："他到底来是不来哟？"

何伟演讲的内容与前一场一样。阶梯教室里收音效果很不好，回声很大，相隔几排就不可能听见其他人的发言，只要有人私语，整个教室就变成一个巨大的嗡嗡作响的蜂房。

还是有人用英文提问，非常纯正，甚至做作的英式英文。每当这时，何伟会先翻译成中文，然后再用中文回答。这引起了全场的笑声。和新生比起来，这些高年级的大学生更勇于表达自己的看法。有两个学生建议何伟去新疆看看，因为那里和涪陵、和南方很不一样。何伟回答说，他去过一次新疆，而且在北京的时候，他有一个维吾尔族的朋友。他反过来建议学生们，你们应该去新疆，去西藏，去听听维吾尔族怎么想的，藏族人是怎么想的。

即使如此，学生们已经表现出了对何伟更大的兴趣，和更少的紧张感。有人问他为什么给自己的书取名"江城""甲骨文"，以及他在中国的旅游中，遇到了什么样的有趣的事。有一个男生说，他很羡慕何伟这样一个人旅行的生活方式，那也是他的理想。

在教室外，何伟昔日的学生们陆续来了。当年他们在教室里听何伟讲课，现在大部分留在涪陵，成为英文老师。因为何伟的回来，他们晚上有一个聚会。看得出，他们很重视这次聚会，"男生"穿着西装，"女生"穿上在冬天能穿的最隆重的衣服，有一位穿着红底金色花纹的棉旗袍，边上镶着一圈白色绒毛。他们很像要出现在贾樟柯的电影里，有一种小镇生活特有的拘谨和憔悴。

对于记者的在场，他们客气而紧张。他们都看过《江城》，在那里面，一些学生被提到和描写。对这本书有什么想法吗？一个男生回答说，何伟把他们写得太政治了，太意识形态化了，他们觉得好像并没有这么严重。

关于这些学生，何伟在《江城》里写道，他必须很小心不去触碰关于中国政治的话题。他很清楚学生们一路以来所受的政治教育，但是不可避免地，师生之间的对话会朝着这个方向前进。有一次关于种族主义的讨论中，何伟以温和的语气说，他认为，每个地方都有种族主义和恐外症的问题，甚至包括中国。班上最优秀、最爱国的学生温蒂立刻反驳："中国没有种族偏见或种族歧视。"何伟举出自己的例子，他和亚当到涪陵市区时，常常有人对他们大吼大叫。温蒂说："他们是友善的。"何伟不同意，他觉得这是糟糕的事，但他试图转圜："这些问题是可以改善的。"

当时，学生们低下头，全班陷入一种不自在的沉默。何伟发现自己正注视着四十五圈黑发。他明白，身为外国教师，他不能以任何形式批评中国。他讨厌这种情况——大家低下头，这种时候让他觉得，他不是在教四十五个可以独立思考的学生，而是在教一个团体。在这些时候，这个团体的想法一致，即使他们沉默而被动。

只有文学可以穿越他和学生之间的隔阂，在课堂上，何伟带他们读莎士比亚的诗歌，排演《哈姆雷特》。文学永恒的力量在那些时刻软化了学生们僵硬的标准反应，在共同的阅读中，何伟觉得，他们都是避难者。学生们逃离政治课，而他逃脱了解构主义。"我们都很快乐，我们读着诗，而在外面的江流上，整个涪陵都在忙它自己的诗。"

在教室里，学生在问最后一个问题："涪陵这两年，对你的改变是什么？"何伟回答说："我变得更轻松了，一开始我很容易生气，后来我变得比较有幽默感了。幽默感很重要。"

何伟曾经写道，教育是很重要的，涪陵的生活也是教育，对他来说，这个教育比牛津大学的教育重要多了。

那两年时间，他所承受的，绝对不只是学到了"幽默感"。事实上，他并非有意识地选择了一个最难的角度进入中国。不是外国人较多、自称"国际化"的上海、北京，也不是努力往外扩张的东南沿海，而是一个封闭的内陆小城。在这里，外国人像外星人，人们对不同文化一无所知，因而也不知如何共处，多年来的管理控制，在对外国人的恐惧、怀疑中，几乎显得无厘头。

人们在闹市区围住何伟和亚当，有人推搡、挑衅他们，让何伟觉得自己像一个猴子。体育竞赛中并不讲究公平，这同样令何伟无法忍受。更严重的问题来自政治，学校不许老师和他们接近，过了一段时间，他发现自己的信件被审查，删改。

到达涪陵之前，何伟和亚当被要求做艾滋病检查。一年之后，涪陵师范学院外事办又要他体检。他们觉得外国人就是这样，太乱了。"这是歧视，是我最生气的事，"何伟直到今天还非常愤怒，"书里面没有写，我应该写的。"

不可预知性吸引他来到中国,但是不可预知性也令他抓狂。很多时候,你仿佛在《江城》里看见一个个性过于敏感的美国年轻人,在混乱吵闹的中国小城,为了保护自己的尊严和内在的完整,在做着绝望的努力。

但是一旦这些混乱的时期过去,不可预知性仍然显示出了迷人之处。他学会了一个外国人如何在中国生活:只要静静地等在那里,就会有好事发生。人们会主动来谈话,他们通常都非常友善和慷慨。而从另一个方面,尽管一开始觉得中国很复杂,但是熟悉了之后,他发现人们对事情的反应是很类似的。他常常自称"洋鬼子"以自嘲,中国人每当听到就会哈哈大笑。他甚至学会了用中国式的方式应对难题。当涪陵师范学院外事办要他检查艾滋病,他坚持不愿意,两方僵持,都很难下台。这时他说,他要打电话给和平工作团总部——向领导请示。他没有打,只是回到房间看了十分钟的书,然后出来告诉外事办的工作人员,领导说他不用体检。工作人员接受了这个答案。

除此之外,涪陵的生活带给他的另一件礼物是,从那以后,他就不怕吃苦了。

四

何伟的表情总是很严肃。在涪陵师范学院教书的时候,学生们更喜欢亚当,亚当更主动活泼,也花更多的时间和学生们在一起。而何伟则很内向安静。

他不是一个反应敏捷的人，当演讲时台下发出意外的笑声——他的话引发歧义，他眼睛里慢慢走过一点疑惑，但并没有停下来，语速、表情都没有变，笑声就这样过去了。

这一部分是因为中文。离开了中国四年，何伟说自己的中文退步了。想象一下，一个以语言的魔术为生的人，在运用另一种自己并不熟悉的语言时，那种不自信和紧张也就可以理解了。

在《江城》中，何伟说，他觉得自己是两个人：何伟和彼得·海斯勒。何伟很笨，说话有口音，文法很糟，而在傻乎乎的何伟背后，彼得·海斯勒在专注地观察一切，并且做笔记。这两个人实际地存在于他的体内，却不一定是一个使用中文的人和另一个使用英文的人，而有可能是一个使用言辞的人，和另一个使用文字的人，他拙于前者，长于后者。在没有迅捷反应的同时，另一个他却在异常敏锐地观察，然后从T恤领口拿下钢笔，记在随身携带的小本子上。有一天，这个被忽视和遗忘的细节会出现在文章里，附加一个奇妙的比喻。

彼得·海斯勒生长在美国密苏里州的哥伦比亚，他说，那是一个比较穷的地方，"周围都是农村，养猪、种玉米的比较多。"但这个农村有一所密苏里大学，何伟的父亲就是这所大学的教授。父亲研究唐人街，研究中医，他曾做过一个项目，每隔两三年采访一些老人，看他们为什么如此长寿。有时候，他会带彼得一起去。彼得觉得这很有趣，现在回忆起来，他觉得父亲的研究方式——长期跟踪某一些人——对他后来的写作很有影响。

父亲很开明，他鼓励家里的女孩子都去参加体育运动，而不要做啦啦队员。家里并不富裕，但是日子过得舒服，没有压力。他也不过问彼得的成绩，任其发展自己的天分。中学毕业时，彼得在老师的鼓励下，决定自己要当一名作家。

他考上了普林斯顿大学，主修英文和写作。他是那个高中第一个考进这所大学的人。但是大学生活却有许多意想不到的困难。

来自小地方、平凡家庭的彼得，个性温和自尊，不喜欢竞争，但是在常青藤学校，他面临了一些残酷的竞争。彼得必须打工，来支付自己的生活费。他找到了一份餐厅的工作，却发现服务的是自己的同学——他们来自富裕的家庭。他辞职了，换了一份在学校办公室的工作。

另一点让他自卑的是，尽管他是密苏里州哥伦比亚希克曼中学最好的学生，但是和很多同学比较起来，他的教育仍然不够完备。他不知道James Joyce（詹姆斯·乔伊斯）是谁，第一次听到这个名字的时候，他以为这是个女人。

他没有跟富贵同学们混在一起，他参加了田径队，在这里交到了很多朋友，他们很聪明，但又不是太拘泥于学习。彼得喜欢长跑。长跑需要的是耐力，他选择这项运动，象征了，同时也更加强了他这种个性。

彼得考普林斯顿大学，是为了读这里的写作专业，但是连考了三个学期，他都没有通过录取。一般的学生从一年级就开始读这个课程，但是他到二年级第二个学期才考上。我问他，得知考上的时候，心情如何？何伟用简单的中文说："很高兴，但也很平静，因为他们这一次不让我进去，下一次我也可以。这是长期的一个希望。所以，不怕今天有什么事情。而且这只是一个课，要当作家的话，还要好长时间的。"

后来，总结自己的研究方式的时候，何伟总是说，自己的方式是长期的，长期跟踪几个人。的确，他花了两年时间在涪陵；之后，他每年都和学生们通信，其中两名学生毕业后一个到了深圳，一个到了温州，成为他关注的线索；而在《甲骨文》中，对诗人、学者陈梦家的长期关注，成为另一条主要线索。现在，他想着，等到离开涪陵二十年时，他要再写一本关于涪陵的书。

这种瞩目长远、沉稳的坚持贯穿了何伟整个写作生涯。从普林斯顿毕业后，何伟又去牛津大学读英国文学。毕业之后，他可以在《纽约时报》这样的大报找一份工作，拿一份不薄的薪水，按照职业的阶梯一步一步往上走。但是他选择了到涪陵，一个月拿一千块人民币的工资。两年结束后，回到美国能找到工作吗？这是一个冒险的举动。但他预感到，涪陵的经历，将有助于他成为一个作家。

他做到了，凭借天赋、技巧、对于生活毫不浪费的体悟，《江城》出版了。

几年之后，他的第二本书《甲骨文》以更大的野心、更复杂精巧的结构问世。在这本书里，何伟试图从整体上把握中国。原来和中国文化初次碰撞时的摇摇晃晃没有了，这本书像一个盛年时期的人，充满自信，精力旺盛。

但是正如人们更爱青春期的生涩，很多人喜欢《江城》里那个美国年轻人，在中国小城里遭遇到的惶惑、愤怒和无助。这些情绪是如此诚实、真切，对这个国家充满好奇的人们会觉得非常有趣，而生长在这个国家已经熟视无睹的人们，却会感觉到一些疼痛，然后，看待身边世界的方式变了。

《寻路中国》和前两本书比起来，一样细腻优美，但是已经失去了前二者那种强烈的好奇心和情绪的冲撞。何伟发现，自己已经习惯了中国的视角，该变换了。他选择了下一个目的地——埃及，另一个在缓慢改变中的文明古国。

小时候，何伟想写小说，大学以后发现非虚构写作也不错。"以后也有可能写小说，不一定。"他讲起一个大学同学，这个同学是田径队的队员，非常聪明，读书很厉害。可是有一天，FBI的人来找他，原来他不是21岁，是31岁，他曾经坐过牢，后来改了身份，改了名字，他想上一个好的大学。何伟一直记得这个故事，他想，有一天，他要把这个故事写出来。

五

去涪陵之前，何伟在北京一家书店做了一场演讲。和涪陵不一样，这里的人们读过他的书和文章。而其中，大概有一半是来自媒体的记者、编辑。他们在现场互相招呼着熟人朋友。

1990年代以来，一直在政府强力控制下的中国媒体裂开了缝隙。在新的空间里，记者、编辑们为了摆脱"新华体"做了很多努力。美国新闻写作被奉为范本。一方面，那象征着某些新闻要素，准确、严谨、独立。另一方面，1960年代以来反对所谓客观中立、文学与新闻结合的"新新闻写作"逐渐被标举了出来。网络的出现使传播、翻译越来越容易，越来越多中国记者开始阅读西方新闻作品。

关于中国的写作无疑是最受欢迎的，在这中间，何伟被认为是最好的。即使和西方同行相比，他也拥有更高的写作才能。

可是对何伟来说，这些都很陌生。1998年，写完《江城》之后，他想找一份美国媒体驻中国的工作，但找不到。他只好自己来到北京，每半年去一次香港，办一个商务签证，平常给外国记者做助理、剪报纸新闻，同时寻找机会给西方报纸写关于中国的消息。

在几次给报纸撰稿之后，何伟决定，再也不要给报纸写新闻了。"在日常新闻报道上，我一向不是很在行。我的工作速度缓慢、会拖截稿时间、我没有培养人脉……我引用好的记者不会引用的人的话：计程车司机、女服务生、朋友。我花很多时间在餐厅饭馆。我回避记者会。我恨讲电话——一件让新闻记者得精神官能症的事。我尤其恨深夜打电话给美国学者，即使这样我就可以引用他们有关中国新闻的谈话。我早已知道中国正在发生什么事：正常的人都睡了。"

有点任性的表达之后，他说："我比较喜欢写有戏剧性、长篇幅的故事。"同时，他不喜欢以第三人称的语气写作，不喜欢那种不带感觉、事不关己、只带权威的语气。

他找到了自己的职业选择，给杂志写稿，同时写书。他确立了自己的写作风格，而最重要的是，必须是有"风格"的。

何伟的写作方式影响了一些中国记者，甚至他的生活——美国的出版市场足够养活他，一年只要写两三篇稿子，就足够在北京生活了——也成为许多记者抱怨的依据。

何伟不知道这一切。他已经习惯了写作对象和读者的分离。在中国很少人认识他，他采访的人几乎没有人会看到他的文章，看他文章的人几乎不会来到中国，他想，自己在赚"差距"的钱。在介绍自己时，他说，我写"报告文学"。他不知道这个从涪陵学来的词已经很少被中国同行使用了，现在用的是"非虚构写作"，尽管小说并没有被称为"虚构写作"。

可是这一次，这么多人排队等他签名，《寻路中国》中文版的销量据说不错。对他来说，又一个不可预知性来临了，也许他还想到了前两本书中对中国的批评，以及中国人脆弱敏感的民族自尊心。他很少见的，问了记者一个问题："中国读者为什么喜欢看我的书？"

文学是一场偷情

一

小学三年级,覃里雯选定一名男生作为暗恋的对象。爸爸骑车送她上学,她坐在自行车后座上酝酿情诗,道路悠长,而爸爸只有后背。回到家,她蹲在厕所——这唯一不会被打扰的空间,在小纸条上记录修改,开脱自己过早炽热的情感。直到爸爸重重敲门,她把小纸条藏在书包的夹层,起身离开厕所。等没有人的时候,拿出纸条一遍一遍背熟,然后撕掉。

"这才是真正的抽屉文学。"2010年的夏天,我们坐在咖啡馆聊起最初的文学动机。阳光刺眼,她眯着眼睛,手里拿着墨镜,似乎在犹豫要不要用它遮上大半个脸。这时候的她,日间是一名国际政治记者,夜里写作性专栏,而追溯第一行诗,却是源于过早出现的强烈情感和倾诉欲望。

有时候，她把日记本放在抽屉里偷偷地写，听到爸爸的脚步声，赶快把抽屉关上，假装看桌上的课本。爸爸走进来，拉开抽屉，拿出日记本摔在桌上：你以为我不知道你在干什么？！

这种写作是极其隐秘的，不仅在于它太早出现而乖于世俗，（姐姐发现了里雯的秘密，她把纸条带到学校女生中间传看，初中女生们说，你妹妹思想好复杂啊！）还在于在那个年代，写作是"没有用、没出息"的事，读课本、学理工科，才是有用的。

写作，像偷情一样，令人羞耻，"可是偷情又是最有激情的。"性专栏作家在回视自己童年的文学生涯。

覃里雯生在广西柳州，她这样形容自己的家乡："它脚踏实地的朴实气质和幽默感，它的直率爽朗和掩藏其下的柔情，它对美食孜孜不倦的爱好，它日常生活中的兴高采烈，它可爱而适度的虚伪，它小小的势利眼，它对外部世界的好奇心，它在传统和现代之间的挣扎……它所奠定的这一切基调最终组成了一个火箭发射台，在我生命的18个年头里终于建成，其目的是为了把我这样的人发射出去，越远越好。"

掌握着家庭权力的爸爸粗暴、凌虐如那个年代，而妈妈却敏感、有激情，像柔软而经久不息的生命力。那时"文革"刚刚结束，精神世界还是一片荒原，妈妈报考成人高考，里雯在她的教材里获得了最早的文学启蒙。"所以我知道很多外国名字，但没读过作品，就是看教材看的。"

当然也有席慕容、拜伦、朦胧诗选、汪国真等等，这些都成了里雯幼年情诗的模仿对象。

覃里雯还想起外婆的爸爸是翰林，而外公是一个林学院教授，还带着旧世界对知识的尊敬。上大学后，因为爱读书，外公十分喜爱她，写信跟她说，你真是一个有出息的孩子，你其他那些表兄弟姐妹，无他，但豚犬耳。

所有这些挖空心思、想要为体内秘密流淌的文学之流寻找源泉的早年追忆，却多少有点无法解释，在一个贫瘠乏味、整齐划一的矩阵里，为何是这一个，而不是其他的编码错乱了，想要成为一个火箭，去往自由而无助的太空？

二

我们这一代，成长经历不会有太大的不同。

1970年代在"婴儿潮"中出生，长大后成为经济发展的"人口红利"（也可以预料会成为"养老危机"的牺牲品）；侥幸错过了时代的大灾难，苟活于世，但也少了"传奇经验"和精神强悍度；成长在理想高蹈的1980年代，但如果身处中小城市甚至农村，也只好继续忍受革命留下的精神饥荒；1990年代市场经济席卷而来，还没好好吸收营养，就要准备好贩卖一切，但是卖又卖得不甘心，东张西望，前瞻后顾。

这是一代不彻底的人。

如今30—40岁的中国年轻人，有丁磊、陈天桥，他们敏捷攀住新兴产业，迅速积聚起大量财富。有很多人占据了基金公司、银行、广告公司中层的位置。也有很多人，在养家糊口，勉力生活。

在生活的主流之外，如果你喜欢文学，就像女娲疲倦了在乱撒泥点，偶然撒在某一个人的胚胎，种下一点不如此就要死掉的兴趣，从此自生自灭。因为这已经不是文学生长的火盆。

李海鹏生在辽宁沈阳，这个城市寒冷、压抑，一直令他不舒服。人与人之间讲究关系，动辄称兄道弟，太多潜规则，没有一件事是凭借自己可以做成的，而他却生来敏感、高度自尊，很难忍受这些关系之间的不公正与不干净。

海鹏也有一个"现实"的父亲，和不那么"现实"的母亲。母亲是一名小学教师，回家后只顾看书，不做饭，孩子们只好饿着肚子。李海鹏觉得母亲像包法利夫人，对生活不满，看不起身边的人，觉得他们傻。海鹏虽然挨了饿，但每次父亲母亲发生争吵，他还是站在母亲这边。他看母亲所有的书，张天翼的童话、《牛虻》、走读大学的教材。这是他最早的文学启蒙。

所有文学青年最早获得的认可，都从学校作文开始。海鹏初中时作文被选入《海峡两岸优秀作文选》，但是令他震撼的是，台湾中学生的作文和自己的很不一样，他们的题材超出了当时大陆学生作文训练的模式，最重要的是，他们写的都是"真的"。

中学时，海鹏在学校图书馆看到了《诺贝尔获奖者诗选》《莎士比亚全集》《人民文学》《花城》。他开始看 T.S. 艾略特的《荒原》，因为书上介绍说他"最难懂"，而且是现代派的"开山宗师"。

和许多青春期的男孩一样，海鹏觉得学校教育压抑、无聊，他曾不下十次，跟父母提出退学。他常常逃学，却也做不出什么大恶，只是无所事事的闲逛。

在后来的文章里，他把自己比作塞林格笔下那些人物。"四岁的时候，有一天我跟着别的孩子在街上乱跑，看到了我姥姥，我从小就是她带大的，跟她很有感情，可是我看到了她，心里很想跟她亲近，行动却南辕北辙，一言不发就走掉了。我姥姥就很伤心，我也很伤心，理由是一样的：这孩子，姥姥对他那么好，他怎么连人都不叫呢？

"这是我的童年生活的缩影。我恐惧于跟人打交道，不知道如何开口，也不懂扑到亲人的怀里去讨人喜欢。我深知这一切都是平常的，可在行动上却无比困难。我总是一个人玩，可以整天都不开口。我还特别容易羞愧。像别的小孩一样耍个把戏，逗人一乐，我觉得不好意思。直到现在，在 KTV 里看到有人表情生动得过分地唱歌，我都会挪开眼神，因为我会设想我是他，然后就甚为羞愧。我很是悲哀地想，我这辈子大概是干不成性骚扰之类的有趣的事了，因为不好意思。我不知道塞林格小时候是不是这个样子，但我猜，他笔下的人物幼时大致如此。"

海鹏把这称为"无尾犬"，看到亲近的人，它也想示好，可是没有尾巴，"你觉得我不友好，可是你不知道我因此活得好辛苦啊！"

长不大的青春期男孩，大学时写诗，写小说，他想当作家，心里却十分明白，不可能以此为生。经过了在几家媒体、出版公司的谋生，2001年，他进入了《南方周末》城市版。

这份报纸继《中国青年报·冰点》栏目之后，倡导对弱势群体的关怀，对权力机构的监督，并十分重视新闻写作。1999年《南方周末》的发刊词，今天看来过于煽情，但是在当年却感动了无数读者，同时再清楚不过地显示，那里聚集了许多容易动感情的文学青年。

李海鹏加入时，《南方周末》虽气势略减，但中国第一周报的地位已无人可动摇。而李海鹏只是一个除擅长使用文字之外，一无所有的记者，他十分被动，让干吗就干吗。直到2003年6月，他写出了《举重冠军之死》。这篇文章还原了举重冠军才力猝死当天的情景，尽管文中也提到了这场悲剧的起源是举国体育体制，但是整篇文章以叙述为主，克制，内敛，像一篇出色的短篇小说。

李海鹏不喜欢跟人打交道，在北京办公室的周会上也很少发言，他不喜欢批评，也不喜欢表扬，但是那篇文章出来之后，他发现，每个人都在夸他。《举重冠军之死》当选当年《南方周末》内部最佳报道。

三

在中国的媒体中，重视写作的不只是《南方周末》。同样才子才女层出的《经济观察报》，曾经被传一个笑话:《经观》的人不会采访，只好用写作来弥补。

《经济观察报》的记者，的确不像《南方周末》《财经》等媒体一样，以周严的调查、硬碰硬的采访见长，他们的特点是视野开阔，鼓励作者个人的声音。个性、才气，这些在"新闻写作"中要被割去的特质，在这里，却往往被宽容，欣赏。也是这样，《经观》的鼎盛期有一种别家媒体所没有的勃勃生机。

2001年,25岁的许知远成为《经济观察报》主笔。在《经济观察报》的头版，常常可以看见他装满各种名字、野心勃勃的评论，尽管常常不知道他在说什么，但是文章中的激情、对知识的勤奋，却感染了许多读者。从《经观》出发，许知远成为这一代重要的书写者。

覃里雯在大学读书时认识了许知远，这个高、瘦、鬈发、脸颊凹凸不平的理工科男孩，和文学社的男青年不同，他聪明，开放，纯真，从不避讳对声名、五星级酒店、漂亮女孩的热爱,但他也真正热爱知识、写作、朋友和聪明的女性。在大学的交游,他们结下了必定会持续终生的友谊。

大学毕业后,覃里雯个人生活的轨迹相当有性别特色。她结婚,生子,随丈夫去新加坡,去纽约。海外的朋友圈子,谈论的多是绿卡,房子,没有她渴望的精神交流。她写诗,写日记,满足自己倾诉的欲望,"日记是无意识的,没有人告诉你该怎么写,非常本能。跟原始人差不多。"不是蓄意的创造,写作这时,像是一种自我疗伤。但那一时期的日记和诗歌,是今天没有的细腻、敏感、绵延。

许知远把远在美国的覃里雯叫到了《经济观察报》,从未受过新闻训练的她,选择国际政治作为报道的领域。当时,这个小团体,聚集了许多难以归类的人,有的致力于锤炼语言之魂,有的想要成为中国的加缪,有的兴趣在于当代艺术与时尚……大体而言,他们都是媒体人,但是他们比照的对象,通常都是小说家、思想家。

2005年,这个团队的灵魂人物于威和许知远辞职,加入现代传播,创办新杂志《生活》。创刊号的专题是《工厂》,这是当时中国作为世界工厂的热门话题。为了说服投资者、时尚集团的老板同意这个专题,许知远说出了"反时尚是最好的时尚"。所有记者撒向各地,温州,东北……前去采访。

作为新加入的记者，我在那时听到了"非虚构写作""新新闻写作"这些词。新新闻写作，作为美国1960年代对于传统"客观"报道的反叛，提倡新闻借鉴文学手法，其实早就"旧"了。在中国，却不仅新鲜，而且尴尬。一方面，虚假的官方宣传、以讹传讹的新闻比比皆是，"真实、客观"的新闻伦理尚未完全建立，强调"主观"容易引人误解；另一方面，媒体大步迈向图像化，文字的地位逐步边缘化，和图片稿费相比，文字稿费几乎不值一提，除了极少数媒体，大部分媒体都已不追求写作，更何况"新新闻写作"，那是什么？

《生活》杂志的写作，延续《经济观察报》时代，但是由于缺少读者和同行的反馈，话题越来越缺少活力，文体也未见完善。它最大的好处在于，提供记者大量旅行的机会，以及再一次地，鼓励个人去寻找自己的声音。

我也是那其中一员。由于鬼使神差的安排，从小热爱文学，受到极差的文化教养，大学时学写诗，但很快放弃，觉得自己没天分，也没办法靠此吃饭。和前辈们不同，我们这一代文学青年已经不阅读，也不信任文学期刊，看不上作协、文联，也不可能被他们看上。和更年轻的人们相比，我们也还没有学习到文化商品的厉害之处。关于文学，我们失去了路径。

而恰恰在1990年代后期，中国媒体市场化浪潮兴起，需要大量的人手。这是极少的可以借写字谋生的道路之一，在初期甚至所获不少。

因此文学青年多半进了媒体。直到日久年长，新闻写作日渐模式化，而内心抒发的渴望升腾不息，于是你会听到每一个人都在说：我要写小说。包括覃里雯。

只是此时已骑虎难下。文学创作仍然难以养活自己，更难维持一份"体面"的生活。自2000年前后投身媒体的人们，或多或少已经有一份不错的薪水，不低的资历，生活纷扰浮躁，但若全然离开进入孤寂，却也需要不小的勇气。

覃里雯在工作之余，开始了自己的小说。她发现，像童年时一样，文学变成了偷情。

四

写新闻不难。李海鹏说。

2009年夏天，在一场名为"新新闻写作在中国"的沙龙上，我第一次见到李海鹏。他清瘦苍白，有些驼背，长发分在两边，眼睛甚少直接看人，还穿着一件恰如其分的白T恤，上写"精神恍惚"四个字。

当时李海鹏已经成为中国新闻写作的标杆。一年前，他写出了《灾后地震残酷一面》，批评溶于冷静的描述之中，有立场却无懈可击，被公认为那年最好的一篇地震报道。但事实上，当时的他正处在对新闻的厌倦中。2006年之后，他的写稿量大减。外界传说，《南方周末》把他及另外几名记者养了起来，只要他们每年写一两篇稿子镇报就可以了。李海鹏稍微纠正了一下，"没有那么少，每年也写个七八篇。"即使这个量，对于周报记者来说，也的确不多。他提不起精神来。他不愿意写稿，又觉得愧疚。

"我始终不喜欢新闻这行。"他说。无尾狗的天性发作了。他不喜欢每天给人打电话约采访，总要和陌生人打交道，他觉得很累。他讲了一个例子，有一次他到庆丰包子铺买包子，排队时突然发现自己在反复地念：猪肉白菜，三两，猪肉白菜，三两。"连跟包子铺的服务员说话都这么紧张，可想而知联系采访对我来说有多大的心理障碍了。"

除了与个性相悖，新闻写作毕竟有其局限。首先，在报道中，写作并非最重要的部分，其次，新闻写作无论如何变化，总会有种种规则。比如说，新闻写作要求所有细节都是真实的，都必须要有出处，不能虚构。"戴着一千个手铐，时间长了，就不会自由活动了。"对于文学来说至关重要的自由想象，全部受到内心的审查。

覃里雯也感觉到类似的问题。她最早开始写稿，是一家网站以一字一元的价格约稿。扣去税，就是千字八百。"我从此就被毁了。"写作受到了伤害，被规范化，思维限定在两千字以内。当她开始写小说，突然发现自己点开 word 的工具栏，开始数字数，"我不是在写小说吗？为什么在数字数？"她开始怀念当年在海外孤独的、无穷无尽无拘无束的表达。

2008年底,李海鹏离开《南方周末》,加入了筹备创刊、宣称要追求写作的GQ中文版。但时尚杂志岂是久留之地,商业压力、外企的公司制度,都让李海鹏继续"精神恍惚",处在"浅睡眠"状态。

"这个世界上没有我想要的东西,上个班,给我一百万一年,也没意思。我就退回来干我一直想干的那件事。"李海鹏说。

一直想干的那件事,就是回到文学。在做记者的那些年份,"文学像另一个星体,距离生活太遥远了,但是引力还在。"李海鹏觉得,不写,时间没法往下过了。

2010年初,李海鹏离开GQ,待在位于石景山的家里开始创作小说。每天早起到下午四点,是他的写作时间,不接任何电话。这部小说有自传色彩,写的是从1976到2008年个人与世界的紧张关系。

此时再见李海鹏,全没有了"精神恍惚"时期的样子,他温和、友善、耐心,如长出一条不卑不亢的尾巴。

这一年他写出了30万字,小说已进入修改阶段。听了这话,覃里雯说:"我受到了刺激。"

七次盛大的婚礼

一

表面看来，一切"正常"。海晨个子娇小，长发挽起松松的发髻，脸型像一粒小瓜子，懂得微笑。除了右臂上的细细一轮刺青——上台前胡松①的姑姑几次想用水钻、用婚纱遮住，她一次比一次果决地甩开了——可谓是长辈眼中完美的新娘。胡松瘦而结实，黑色西装非常合身，沉默不多话，人们会这样形容他，稳重，有责任感。

主持人念完一串华丽空洞的排比句，宣布："新郎新娘幸福登场！"他们牵手走上舞台。一对合乎社会规范的男女，在进行一件最合乎社会规范的仪式。

① 文中海晨、胡松均为化名。

不过，这些都是假的。

海晨这年 32 岁。只有熟悉的人，才能从她的神情中判断出一股浑不吝的劲儿。对于世俗和权威，她常报以冷笑。对朋友，她喜欢张罗事儿，慷慨而善于决断，自小梦想做女侠。关于婚姻，少女时期她曾想象，穿漂亮的围裙，站在明亮的厨房，头发盘在脑后，一绺垂在额头边。她喜欢这样的形象：成熟了，可以烫头发了。仅此而已，画面里没有另一个人。有几任男友曾向她求婚，她认为，那不过是为了留住消逝的恋情。婚姻这个词，太遥远又太正式了，让她想笑。

25 岁那年，她爱上了一个女孩，成了人们所说的"女同性恋""拉拉"。婚姻就离她更遥远了。但是父母的时空感属于另一个宇宙，他们一天比一天着急，催促她该结婚了，否则另一个词离她更近："剩女"。她把女友带回家，爸爸跟别人介绍说，这是她"耍的朋友"。四川话里，这是"谈恋爱"的意思。她心想，爸爸是说错了吧，又想，爸爸也许是知道了。但从那以后，爸爸再也不提，却常常后悔，说自己以前对海晨的男友太挑剔。

有一天，她接到 gay 蜜的电话，说男友的父亲来北京了，能不能一起吃顿饭，扮演一下女朋友。吃顿饭嘛，她想，很简单。gay 蜜的男友就是胡松，她和胡松见过几次，不熟。如果说 gay 以 1 和 0 区别阳刚、阴柔气质，她觉得胡松属于 0.6 或是 0.7，不多话，也不讨厌。

席间，胡松在父亲面前沉默顺从，父亲却兴致很高，问东问西，仔细打听海晨家里的情形，还问她家人的电话，海晨说，不用了叔叔，我爸妈讲四川话，您听不懂的。第二天，胡松打电话来，说父亲在东方新天地，要给她买欧米茄。她被这种热情惊到了，说我不要，你告诉他我不戴表。再下次胡松的父亲来北京，约海晨吃饭，给了她一张20万元的现金卡。海晨再三推拒，没有接受。

但是，情势按照胡松父亲的意志，推进得很快。那年除夕，胡松的父亲逼他去成都陪海晨过年。次年五月，海晨从泰国旅行回来，胡松约她吃饭，见面就说：咱俩月底要办婚礼了。

海晨生气了：谁知道这事儿？没人告诉我啊！胡松继续说，这周我们就得去买钻戒了。海晨更生气了。见过胡松的父亲后，她和gay蜜、胡松会一起说笑，要不然就形婚吧，解决大家的难题，给父母一个交代。但她的心情并不如胡松迫切，话语间带几分玩笑，她也并不真的惧怕父母，在她心里，只是帮忙而已，不想一顿饭吃出一桩婚事。她觉得胡松实在懦弱，此后必将付出代价，因此劝他回去再和父亲谈谈。

过了几天，胡松又来找她，没办法，他爸已经订好了酒店，请帖也发了，"如果不办就活不下去了，会被我爸骂死，真的，就算求你帮忙了。"海晨觉得自己最大的问题，大概就是无法拒绝别人，她语气生硬："那就当作帮你走一个秀。"但是，她有两个条件，第一，不会办结婚证；第二，以后不会帮胡松探亲访友，她不希望任何事情干扰自己的生活。

胡松答应了。

五月末，夏天还没有来到这座北方小城，海晨演出了人生第一次婚礼。可能是当地最大的餐厅，门外八架礼炮，放出玫瑰色的烟花，挖掘机高悬着五挂鞭炮。人们走进餐厅，交礼金，入席，互相招呼着，走来走去。服务员板着面孔，一盘紧似一盘，把大鱼大肉叠在桌上，不等人们吃完，又一盘一盘收走。音箱声音很大，才能盖过人们，人们就更用力地聊天，男人们已经开始喝酒划拳。看起来，和任何一场婚礼，都没什么不同。

新郎新娘不需要做什么，只要站在台上，听主持人安排。海晨觉得，自己像个吉祥物。

主持人说，请新郎新娘交换戒指！胡松先生，你愿意娶海晨为妻吗？胡松说，我愿意。海晨女士，你愿意嫁给胡松先生吗？海晨说，我愿意。主持人说，请新郎向新娘发表爱的宣言！胡松说："我娶到你很幸福。"胡松平淡的语气让主持人的亢奋情绪稍微低落了一点，幸好胡松及时将海晨拥入怀中，主持人立刻说："让我们大家给予这对新人祝福的掌声！"

前一天彩排时，主持人希望胡松大声说"一生一世，一片真心"，海晨和胡松同时叫，太恶心了。他们坚持换成这句简单且不工整的白话，海晨则大大咧咧地把胡松揽在怀里，像个哥们儿一样捶他的背。过了两秒，她才意识到自己的身份，假装温柔地依偎在胡松的怀里。

前面两桌，坐着胡松的亲戚。海晨抬头看见胡松的姑姑，海晨觉得，也许她知道了什么。每次她抬头，总有一道冷冷的眼光。每个家族总有一两个聪明人吧，也许胡松的父亲也知道了，否则仪式不至于如此简单。可以确定，胡松的姥姥姥爷毫不知情，婚宴开始前，他们挣扎着从车里爬下来，说要看孙媳妇。这一幕，让海晨有点不好意思。

主持人说，下面，请新郎新娘举杯，敬各位亲朋好友一杯！在酒杯上方，海晨看到胡松的父亲拿着纸巾擦眼泪。海晨不喜欢这个强硬的男人，他一路驱使着胡松，私下联络海晨的父母，终于使这个婚礼如他所愿，此刻海晨也能理解他的愁苦心酸，但是她更难以克制荒谬之感，忍不住用胳膊肘捅了捅胡松："你看，你爸在哭。"胡松回答："我知道。"

二

胡松决定屈服，是那天去火车站接父亲。他看到父亲的头发白了，坐了一夜火车，肩膀塌了下来，白衬衣皱了，衣领一圈黑色。不知道是北京雾霾的天空太沉重，还是退休后失去了权势，父亲前所未有地衰弱。胡松一直对父亲又恨又爱，此刻又加上了，可怜。

父亲在当地做部门领导，习惯了说一不二。他把这套威权作风延伸到家里，要求妻子和儿子绝对服从。正常的时候——通常是在外面，他是个有礼貌有尊严的好人，发起火来，全无理智。理由可以是各种各样的，他怀疑儿子弄坏了录像机，怀疑妻子把家里的苹果、水产转移到娘家。胡松记忆里，总是争吵、打闹，没有一天的家庭幸福。小学一年级，他在梦中被叫醒，母亲自杀被送到了急救室。那时他写作文《我的家庭》：我的家庭很和睦，我爸妈一年只打一次架。他不知道有的家庭不打架，一年打一次，在他看来就是最美好的家庭了。

他记得父亲讲过一个故事：父亲小时候家里穷，过年的鞭炮丢了一串，奶奶说一定是父亲偷的，逼他一定要承认。胡松每次想到这个故事，就觉得自己理解了父亲。但这并无助于消除恐惧。他离开了家乡，来到北京，但只要想到父亲的声音，他就紧张。平静的日子里，他有时会突然烦躁起来，觉得一定会有什么事情发生，就像童年时那些突如其来的怒火和吵嚷。

婚礼前一个月，父亲瞒着他和海晨，把海晨的父母约到了北京。说是两家人一起吃饭，吃完饭，胡松和海晨出门喝咖啡，再回到家，父母们已经安排好了婚礼的流程、生活的方向、带孙子的分工。他们说，北京环境这么差，空气也不好，要不然你们去成都，去内蒙古，趁我们现在的战友同事还在位，给你们安排一个公务员的位子。胡松听到这些父亲在电话里说了无数次的话，脑子就"嗡嗡"作响，他不想听，也不敢反驳，抱着脑袋坐在一边，不停地重复：哎呀你们别再说了。他隐隐约约听到海晨跟他们辩论：我们有自己的生活……我们年轻人和你们想得不一样，你们那代人的思维都不行了……现在的公务员多惨你们知道吗？他不明白她为什么要说这些，他想，海晨的父亲比他父亲可弱多了。

婚礼前，小姨拉着他和妈妈，让他对着摄像机说两句。他尴尬了两秒，不知道说什么，对着摄像机一挥手，拉着妈妈走了。妈妈是不一样的，妈妈一切都顺从他，从不强迫他做什么。他也知道，妈妈今天很开心。

大学时所有人都交女朋友，他也交了一个。但是从没想过结婚，他总觉得这事儿挺没意思。没多久，他认识了一个男友，他……傻乎乎的，没什么心眼儿，自己也是，这才是家，他觉得。他们一直到现在，十多年了。他不能想象没有他怎么办，如果男友死了，他第二天就自杀，没法忍受。

他原本以为能扛过去，父亲来北京的时候，见到男友，脸色很难看，他只好让男友先搬出去。父亲从此催得更紧，每天一个电话，一骂好几个小时。父亲说话的时候，他的心理机能好像停止了运作，不再想什么，缩到很黑暗的地方去，身体冻住了。他也按照父亲的吩咐去相亲，只是不洗脸不刷牙，说话不阴不阳。能拖一天是一天吧。但是在火车站那次，他觉得自己扛不住了。

唯一的问题是，海晨差一点不同意这场婚礼。那些天，他常常为此失眠。男友出差在外，他躺在床上，空气凝固了，心里有一把大手使劲地揉，如果婚礼不成怎么办，活不下去了。他换个地方，躺在沙发上，起来打游戏，还是睡不着。天亮了，他起来给自己包了一顿饺子，吃完，睡觉。

睡不着的时候，他看了一部科幻小说《三体》，那里面讲，地球是一个有机体，每个人都是其中的一个细胞，道德不过是维持这个有机体运行的一种手段。书中有一个主角，他不看好人类，看好外星人，人类和外星人交战的时候，他驾着飞船跑了。后来，他有时被当成叛徒，有时被当成保存了人类火种的英雄。胡松想，太有意思了，道德就是这么虚无，父亲口口声声说是为了你好，其实不过是满足自己控制的欲望，中国家庭不就是这样，以爱的名义互相折磨吗？他想起一个拉拉朋友，父母是大学老师，她跟父母出柜之后，父母像没有听见一样，像鸵鸟把头埋在沙子里。他听到这个故事之后，觉得太可笑了。父亲真的不知道吗？他可能也是在自我欺骗而已。

他知道这个婚礼完全是父亲的意志，时间、形式、宾客——他迟迟不结婚，曾让父亲在当地很没有面子。这一天，父亲好像又回到人生的黄金时期，呼风唤雨，嗓门也高了几分。尽管这一切内在是假的，他不可能和女性产生情欲，他的男友甚至不在现场，海晨今后不会再见他的父母，连结婚证也是在中国政法大学门前办的假证，但胡松还是感到一种奇怪的幸福。他不知道是神经麻木使然，还是几个月来终于不再提心吊胆，他又想到小时候，跟爸妈说，你们离婚吧，只要你们能好好过，我怎么都行。为了片刻的安宁，这些不算什么。

"你看，你爸在哭。"海晨用胳膊肘捅他，他说："我知道。"他举起酒喝干了。

三

在谈婚论嫁的阶段，海晨的父母也入戏了。

海晨的父亲也曾是地方官员，也曾在家里施行专政。但海晨从少女时期，就开始反叛。十多岁她离家出走，爸妈派表妹去找她，她和同学吃着牛肉喝着酒，表妹觉得好开心，也留了下来，一起吃肉喝酒。

渐渐长大，海晨用嘲笑的方式消解着父亲的权威。她觉得父亲脾气很大，又很可笑，这种好笑让他的脾气并不可怕。每次回家，她和父母待在一起超过七天，必定吵架。她不明白父亲为什么要看《新闻联播》，她说：这有什么好看的？会议结果不是早就知道了吗？父亲说，哎，还是要看的。在家族的微信群里，父亲发了一条抗日言论，她就回：又在造谣。她受不了父母这一代的政治思维，觉得他们被洗脑了，父母则受不了她这种嘲弄的态度。

类似的争吵又发生了。父亲为她即将到来的婚礼兴奋，找人来算命，给他们合八字，写了厚厚一叠，几点钟出门，几点钟坐到床头，几点钟洒鸡血。海晨看了大笑，她也觉得不可思议，父母在北京的时候，每天都见到自己的女友，但是对他们来说，好像这都不是真的，而一个偶然见到的男性却让他们如此兴奋。

海晨对父亲说，我觉得吧，你不要抱有过于美好的幻想，你要幻想也可以，但是不要当成生活的寄托，你可以把它当作一个项目。父亲听了很不开心，想了半天，说，难道你真的打算一直跟女孩子在一起吗？海晨说，那有什么不行呢？父亲更不开心：难道你就要永远做一个同性恋者吗？海晨更想笑了，父亲总是要把这四个字连在一起，"同性恋者"，好像在说一个病人。父亲说，别人家为什么没有这样的孩子，就我们家有？母亲说，全世界就你最怪！海晨说，你们都是有文化的人，不要讲这些没见过世面的话，你要不懂，就百度一下。

　　父母再次被海晨这种嘲讽的态度刺伤。母亲气哭了，海晨过了好一会儿，才从可笑、隔离的心情中回来，她安慰母亲，解释说自己一直都喜欢中性气质，无论男性还是女性，只是现阶段她比较喜欢中性的女生，海晨说："妈妈，你想想我的将来，每个阶段都会有陪伴的人，不是你想的那样，会孤独终老。"她曾交过若干男友，也曾经历若干女友，刚刚结束的一段感情尤为磨人，让她独自一人时，不敢看窗外，怕自己跳下去。这么大了，她仍得练习分离、孤独，从黑夜活到黎明。很多人为了逃避这些难熬的时刻，寻求婚姻的保护、恋情的永恒，但是她已经明白，稳定不是生活的本质，不稳定才是。太平盛世的生存技能，就是在摇摇晃晃的世界里，尽力保持暂时的平衡，活下去。她不会跟妈妈说这些，妈妈到老仍如此天真，爸爸热热闹闹地活在他的世界，他们对海晨的生活不知所措，这倒也不能怪他们。海晨说，如果你们需要婚姻这个形式，我和胡松可以结婚，以后加上我的女友，胡松的男友，都是好朋友，这样四个人关系会更稳定，得到的帮助会更多。

母亲破涕为笑，她被这个新型的家庭样式打动了，说那你们要互相扶持互相关爱啊。父亲却不高兴，他的幻想破灭了，原来婚礼是假的！他拒绝去参加婚礼，对胡松父亲再三的电话邀请，他终于忍不住说，这婚礼是假的！不信你去问你儿子！电话再也没来过。

无论如何，婚礼之后，胡松明显地感觉到，父亲松了一口气。海晨家里，则一切如常。她父亲也退休了，闲不住去昆明参加了一个传销集团，结果被骗了几十万元。他给海晨打电话，长吁短叹，骂骗子不得好死，这笔钱不仅花掉了他的积蓄，还牵连了几个亲戚。海晨说，劝你又不听，你们这些政府官员，在体制内待惯了，觉得没有人敢骗你们，人家骗子找的就是你们！父亲说，我这辈子亏了好多钱哟，你也不结婚，我红包也发出去十几万了，肉包子打狗，有去无回。海晨说，爸你是不是又想收红包了？父亲说：你之前说过那个项目，要不要再重新启动一下？海晨心想，这些她都无所谓的，爸爸肯定是无法适应退休后的生活，想折腾事儿了，那就让他去吧。

她去问胡松，胡松爽快答应了，他说，不就是吃饭吗，在哪儿不是吃。父亲拿出工作时的劲头，行动了起来。他算了算，亲戚、同学、同事，加起来怎么也超过一百桌，但是中央下达了反腐新政策，要求酒席超过三十桌以上要审批。这怎么办呢？父亲打算把喜宴分成六场，海晨说没必要，你包一个大酒店，随便弄弄就行了。父亲说，不行，最近管得还是很严的，我好歹是个领导干部。海晨哭笑不得，爸你算谁啊，你已经退休了，谁惦记你啊。父亲说，那不行，你不懂。

父亲把宾客分类，亲戚、老家的亲戚、同事、以前的同事、在成都、在外地……他越做越来劲，事事不肯省俭。六场婚礼持续了半个月，每隔一天，胡松和海晨就要早起化妆，去不同的酒店，站在门口迎宾。父亲的一位好友见到海晨就开始哽咽，他的女儿和海晨同岁，异性恋而未婚，他握着海晨的手说，你做了一个表率啊，你要以身作则，带动这批没结婚的姑娘们啊！胡松在旁边，给每一位男客人发香烟，他觉得南方的冬天真难熬。海晨原本还在生胡松的气，怪他太懦弱，把自己卷进一场婚姻，现在却又觉得不好意思，觉得欠了他一个情分。

最大的一场婚宴，海晨的父亲宴请了党政机关的同事。手拿麦克风的，是当地电视台的主持人，他用激昂的声音说了一段充满情感又不知所云的开场白，然后说："让我们掌声有请新郎新娘入场！"在唢呐独奏《婚礼曲》中，胡松和海晨分别从两侧的阶梯走下来，灯光追着他们，走过宾客中间，走过一座假的小桥，胡松帮海晨拿起了婚纱的后摆，走过两排大红流金的灯笼，他们站在舞台上，背后整面屏幕流下火来，开红色的花，最后定在一个大大的"囍"字，上面是横联"鸾凤和鸣"，上联"永结同心成佳偶"，下联"天作之合结良缘"。海晨心想，妈呀，真像春晚。

他们不用说什么，只需要站在舞台上，主持人和父亲包办了一切说话的环节。主持人说，新郎的父亲因为工作繁忙无法前来，并不忘介绍他在当地是副县级干部。父亲发表了一段演说，大意是说明父母对子女的恩情，他设法把这些内容放进一系列排比句中，并希望女儿女婿今后

"好好地相爱,恩爱一生,好好地生活,天天和顺,好好地学习,不断上进,好好地工作,事业有成,好好地做事,谦虚谨慎,好好地做人,永走好路。"几场下来,海晨已经可以背得出这篇话了,她奇怪父亲哪里找来的这么多人生任务,用"川普"铿锵有力地背出来,还能把"我已经光荣地退休了"这样的话穿插在里面。

海晨和胡松回北京的那天,海晨的父亲拉着胡松的手,眼泪在眼眶里打转。在亲自导演、主演的生活剧里,老海同志越演越真。他忍住眼泪,对胡松说,希望你们能互相照顾,虽然,我也不能要求你什么,但还是希望你能对我女儿好一点。胡松点头,心里想,这可太逗了,他不是知道吗。海晨这辈子只看见父亲哭过三次,第一次是奶奶去世,第二次是她小时候生病,第三次就是现在。她能感受到父亲的爱,但是,她也有点生气:爸,你对着我的假老公哭什么呢?

在成吉思汗的
荣光里凝望
路易威登
○
:

一

一临近乌兰巴托市区，就会看到红色、蓝色层叠错落的小小屋顶，在草原的辽阔怀抱中，十分可爱。然而接近这些屋顶却要花掉很长时间，道路残破尘土飞扬，车流停滞，寸步难行。在这个游牧的国度里，乌兰巴托是一个年轻而不堪重负的城市。1990年经济自由化以来，人口和车辆都急剧增加、膨胀，现在人数已达蒙古全国的一半，但基本建设并未随之更进。人们住在临时搭建的房屋，拥挤在雨后泥泞的道路，撑开城市的皮肤。

在蒙古，交通规则仍是沿用苏联式的右行，很多车也来自苏俄，方向盘在左边。1990年之后，日本车大量引进。但司机座位未加改装，仍在右边。于是，蒙古的马路上，靠右并行着两种规格的车，司机有时在左，有时在右，乘客也常常弄错上车的方向。对这种错乱，蒙古人安然自处，手一挥，归因于游牧民族的自由天性。可是，长久以来，他们却遵从草原的古老契约：上马一定要从左边。也许城市对他们来说，实在太年轻了，规则脆弱易变。

像所有（前）社会主义国家的首都一样，乌兰巴托市中心是一个巨大荒凉的广场，中间的纪念碑／雕塑标识着近代社会主义国家的建立。在这里，是戴着尖顶圆帽、跃马挥手的苏赫巴托——1920年，他在列宁的帮助下，组建了蒙古人民革命党。随后苏联红军帮助革命党军队，打败了中国驻军，宣布独立，成为世界上第二个社会主义国家。苏联希望蒙古人忘记成吉思汗，忘记他们曾经有过骇人的霸业（昔日俄罗斯也是被征服者之一），帮助他们树立了全新的政治经济体制、共产主义信仰和政治偶像。这座广场就叫作苏赫巴托广场。

广场南边，是两座崭新的玻璃大厦，其中一座写着大大的LOUIS VUITTON（路易威登）。广场的北边，是面南而坐的国家宫，蒙古大呼拉尔（议会，人民代表大会）开会的地方。威严的台阶之上，拱形凹壁中，坐着巨大的成吉思汗雕像。1990年之后，告别了共产主义理想，蒙古人重回历史，建立自己的民族认同。成吉思汗，今天蒙古四境都在召唤这个13世纪的霸主。正午的阳光下，他坐在历史的阴影里，越过前社会主义国家领袖的雕像，凝望着路易威登，社会转型中的物质欲望。这就是蒙古的今天。

二

穆尼娅（Munya）出生于1964年初的乌兰巴托，最初祖母给她取名为"太阳","就是那一类很土的名字。"穆尼娅撇撇嘴。在外出差的父亲回家后,不喜欢这个名字,正好一位90岁的邻居老人前来拜访,按照蒙古习俗,老人送了一座钟作为穆尼娅出生的礼物。父亲想到了一个名字:Munhtsag,意思是"永恒的时间"。为了方便外国人发音,"永恒的时间"平日把自己的名字简称为"Munya"。

像很多蒙古女性一样,穆尼娅有一张圆圆肉感的脸,强壮的高颧骨,细长眼睛,"你不知道我年轻的时候,可好看了,好多男人喜欢我,不过越老越喜欢。"48岁的她已经发胖,却未见老态,欢快幽默,高兴时在草原上跳起芭蕾舞《天鹅湖》,只是烟抽得很凶。穆尼娅会说非常好的俄文和一般好的英文,"我们蒙古人没办法,别人不愿意学蒙古语,我们只好学外文了。"

生长在共产主义蒙古,穆尼娅是一个城市女孩。父亲是电厂工程师,母亲是药剂师,用穆尼娅的话来说,他们是知识分子,共产主义的信徒,也是开明的父母。他们让穆尼娅和弟弟受最好的教育。"好"的定义是什么?"就是苏联老师比较多的学校。"穆尼娅说。相比于蒙古老师,他们有更好的文化修养,心态也较为开放。穆尼娅从七岁开始学俄文,背诵普希金的诗歌,"我的俄文肯定要比一般的俄国人好。"

穆尼娅出生时,正是中苏关系恶化达到高峰的时候,毛泽东亲自主持发表九篇批评苏共的文章,即"九评赫鲁晓夫"。夹在两个大国中间的蒙古,也被拉入紧张局势。苏联军队大量进驻蒙古,修建机场和军事基地，似乎这里有可能成为战争的前沿。而中国即将发动"文化大革命"，世界上其他地方也丝毫不平静，"柏林墙"已经修好，再过几年，就是被苏联坦克中止的"布拉格之春"。在另一半的世界，学生运动、民权运动也即将爆发。但是在乌兰巴托，在父母的尊重和疼爱下，穆尼娅安全、自由地长大。和很多那个年代的蒙古人一样，她对社会主义时期有很深的感情。记忆中，那时的乌兰巴托"美丽，宁静，到处都是图书馆"。

古代蒙古是什么样的，当时穆尼娅并不清楚。谈论"成吉思汗"危险而丢脸，课本里说，这是一个残忍的封建统治者，而推翻了封建统治，是共产主义的伟大成就。穆尼娅相信这些。苏联帮助蒙古修建学校、图书馆、医院、科研机构，国家负担一切，上学、看病都免费，生活是安稳幸福的，只要认真读书。

中学毕业后，穆尼娅考取了公费留苏的名额，去学习地球化学。父母认为她应该像他们一样，成为一名科学家。她也的确像父母一样，远离政治，固守专业，但是仍然不可避免地被时代卷入。1987年，她回到蒙古，加入了一个国际地质探测队，"那时候的国际，就是共产主义阵营。"她补充说，这个地质勘测队里，有捷克、波兰、苏联的科学家，他们一起在蒙古的高山上待了三年。1990年，勘测任务结束时，蒙古已经处于巨变之中。

三

变化开始于1989年12月10日的苏赫巴托广场。当时天空飘着雪，乌兰巴托的冬天最冷时可达零下40度，被称为"世界上最冷的首都"。那天是国际人权日，一个月前柏林墙倒塌。在寒冷的苏赫巴托广场，大约两百人举着"打倒官僚体制""实行经济改革""开放言论自由"等标语，在广场上游行。他们多半是面孔斯文、穿着体面的年轻人，清晰地表达着自己的诉求，间或有摇滚乐队伴奏。

大部分抗议者出身高官家庭，在苏联和东欧接受了教育，接受了1980年代苏联躁动、自由的新思潮。他们都懂一门斯拉夫语，有几个会说英文和俄文，能从西方报纸、电台和电视上获取信息。比如当时民主运动的领袖之一，被称为"民主的金喜鹊"的赵日格（Sanjaasürengiin Zorig）就是如此。赵日格的父亲是一名高官，母亲是一个物理学家——俄罗斯和蒙古的混血儿，外祖父也是一名科学家，死在西伯利亚集中营。

赵日格毕业于莫斯科大学，在那里，他认识了呼吁终结社会主义统治的学生们。回国之后，赵日格有感于蒙古政治空气的单一，他组织聚会，在大学教书，向师生们传播民主思想。很快，他找到一些志同道合的年轻人，组建了一个叫作"新一代"的小组，在他的公寓聚会，也悄悄在乌兰巴托市区贴传单。

因为他的学识、热情和非暴力改革的思想，赵日格备受尊敬。他是12月10日游行的策划者之一，两百人的领袖。政府和安全部门并没有作出任何行动来驱散这个小小的队伍，抗议者自己安全地离开了广场。

这并非蒙古政府的惯常所为，1924年蒙古人民革命党掌权之后，苏赫巴托被形容为蒙古的列宁，他的继任者乔巴山则是蒙古的斯大林。在苏联的掌控和影响下，蒙古人民革命党迅速残酷地清洗不同政见者，包括当时的统治阶层——喇嘛。镇压时期失去生命的人数众说不一，比较可靠的数字是25000个。有学者统计说，20世纪初蒙古有大约10万个喇嘛，到20世纪中，只有不到1000个了。大部分被迫还俗，有一部分被杀，而喇嘛庙非拆即毁。

这次意料之外的胜利鼓舞了赵日格和他的同志们。在此之前的聚会是随机和不固定的，在此之后，抗议者成立了蒙古民主同盟，每周末在苏赫巴托广场组织集会。

集会中提出的主张有很多，有人主张民主政治，有人鼓吹全面实行市场经济，也有人希望终止社会主义统治，但是保留社会主义时代对医疗、教育和社会福利的补助。像很多民主运动一样，其中也不乏机会主义者，试图从乱中获利。当时，这些纷繁的主张都埋藏在对政府的一致反对之下。

同时，民主同盟的领导人知道，无法仅靠几个城市知识分子产生一个成功的民主运动，必须把全国的牧民和工人都团结起来。他们尝试寻找乌兰巴托之外的志同道合者，很偶然地，额尔登特铜矿的一些工人和工程师，成为他们坚定的同盟。额尔登特铜矿于1970年代由苏联和蒙古联合开发，工程师和工人中兼有苏联人和蒙古人，但是同样的工作，苏联人却拿到较高的收入。一名蒙古工程师说："我们每天都感觉自己是次等人、受压迫者,这深深伤害了我们的骄傲和民族感情。"民主同盟找到了和工人的共同点:对苏联的反对情绪,抗议指向苏联和蒙古政府。有了共识之后,两群人结成了互利的联盟。这年12月,额尔登特工人召集了一个会议,誓愿:"不再被掌控在苏联手中,我们希望同工同酬。"

蒙古革命和宗主国苏联有着复杂的关系。苏联曾经遏制了蒙古的民主与人权,现在又成为民主改革者们的启蒙地。而随着抗议的进行,改革者再次发现民族主义的诉求:摆脱苏联的控制,政治自主,找回蒙古人的自尊。这种诉求是实际的,同时也很容易唤起民众的热情。

与此同时,苏联对于蒙古的控制正在松弛,1988年,苏共总书记戈尔巴乔夫已经宣布将逐步撤出在蒙古的驻军。在整个东欧的自由化浪潮中,蒙古政府不敢轻举妄动。

1989年12月17日,在一次两千人的集会之后,蒙古民主联盟向蒙古中央政治局递交了一份改革请愿书。这是蒙古公民第一次如此公开地进行政治建议。请愿书里包含多党选举制、市场经济、基本人权,政府要保障言论、出版、迁徙和宗教自由,"最后,政府应该公布乔巴山时期对公民和喇嘛的罪行。"改革者坚持,所有这些要体现在一部新宪法中。

经过商议和犹豫之后,政治局正面回应了改革者的要求:理论上,政府支持改革的要求。看起来,当时的苏联不会支持镇压行动,蒙古政府也担心，镇压会使得政局不稳，这样中国就有可乘之机——他们无法忘记清朝曾统治过蒙古两百多年。

但是妥协并不能让改革者满意。官员们说，他们同意改革，支持多党制、自由选举、公民权，他们将在五年内引进这些改革。

年轻的改革者不想等待五年，更何况这可能是缓兵之计。他们继续在苏赫巴托广场聚会，吸引公众加入。广场上人越来越多，和维持秩序的士兵之间越来越紧张。冲突一度发生，这时，赵日格坐在朋友的肩膀上，拿起喇叭，呼吁人们平静下来。冲突停止了。这一幕成了蒙古平静民主革命的象征。

四

1990年1月21日，气温零下30度，民主联盟组织了数千人的游行，最后在苏赫巴托广场集会。仅仅一个多月，改革者已经取得了巨大的成就。从12月10日的大约两百人，到几千人。游行中不只有乌兰巴托的知识分子，也有来自小镇、乡村不同社会阶层的代表。抗议者也更有自信，政府不会驱散或是攻击他们。对于改变的要求也更尖锐了。

抗议甚至有明星加入，这一次不是摇滚乐队，而是男歌星索罗巴拉姆（Dogmidyn Sosorbaram）在苏赫巴托雕像前，带领人们合唱关于成吉思汗的民歌。这本身就是对于蒙古人民革命党和苏联的挑战，过去，成吉思汗被描绘为一个残忍的侵略者，蒙古人民应以他为耻，现在他带着蒙古的历史回来了。这一天，也是列宁的忌日。

整个1月和2月，年轻的改革者们都在周末集会。政府对于如何面对时局一直无法达成共识，他们指责改革者是酒鬼、腐败自利，这些言论没有带来丝毫伤害，尽管其中一些指控后来变成了事实。2月，改革者甚至组建了两个政党，这在事实上已经违反了蒙古《宪法》第82条关于一党专政的条款。1921年之后蒙古的第一本地下杂志《新镜》，被送到了政府机构。

人们注意了乌兰巴托到处可见的领袖形象。在乌兰巴托机场，列宁的照片在迎接旅客。乌兰巴托宾馆的花园里，列宁雕像注视着人们。最令他们愤怒的，是国家图书馆前面，居然有一座斯大林像。这一象征含义让抗议者无法接受。2月22日，他们到图书馆前面打碎了斯大林像。

然而政府还没有答应任何改变。3月4日即将召开的政治局会议，似乎是一个难得的机会。只在广场上示威、公开或私下会见政府成员，已经不够了。抗议需要新的策略。他们想到了绝食。这对于普通蒙古人来说，是一个陌生的方式。提议者想到的是甘地、白宫前反对越战的科学家，以及不久前邻国发生的事件。

3月7日下午两点，气温零下15度，十个人穿着被禁止的传统蒙古长袍，在苏赫巴托广场开始了绝食。绝食者来自蒙古民主联盟，他们要求民主体制改革，开放和外国的贸易，尊重蒙古历史传统。他们加上了更具体而致命的一条：政治局是被任命而不是选举的，应该被废除，同时，大呼拉尔成员的选举没有竞争对手，应该实行多党制。

绝食抗议吸引了一些困惑的群众，几小时内，很多人到了广场。有人不能理解这一行为：为什么有东西不吃呢？大多数人很快明白了绝食抗议的重要性。他们徘徊在广场周围，表达对绝食者的同情。夜幕降临后，聚集的群众越来越多。

苏赫巴托广场是主要但不是唯一的抗议地。民主联盟在过去的几个月里，花了大量时间宣传绝食和全国性抗争的重要性。当天下午，几百名额尔登特的工人们罢工，以支持苏赫巴托广场的罢工。其他几个城市也跟随额尔登特，组织罢工。在首都，蒙古学生联合会号召学生罢课，支持绝食者。甘丹寺——蒙古当时唯一存在的喇嘛庙——派了几个喇嘛到广场上以示支持。

在国家宫的会议室，政治局整天都在开会。便衣在广场上窥探，把信息汇报给他们。政治局的委员们看得到也听得到广场上的动静。是否立即改革，如何对待越来越失控的局面，他们有不同的意见。强硬派希望武装介入，另一些人担心国家陷入混乱，希望和平解决。他们派了两个代表劝说绝食者为了健康考虑，停止抗议。绝食者礼貌地拒绝了，他们坚持要求政府立即辞职。

第二天，绝食继续。下午四点，第一副总理达系·宾巴苏伦（Dashiin Byambasüren）从国家宫走了出来。他安排了一次抗议者和政治局的谈判，但没有达成共识。民主联盟仍然坚持立刻改革，他们指出，百分之五十的政治局委员老得可以拿养老金了，而大呼拉尔三分之一的人民代表已经连任了至少五届。这些"代表"，都不能代表一般的蒙古人。

苏赫巴托广场上的人急剧增加，3月8日是国际妇女节，共产主义国家重要的节日，这使得更多人来到广场上。人数的统计不一，有笼统地说是几万，也有说是"9000"。其中有的人并不像民主联盟一样持有非暴力的信念，他们坐着出租车和公共汽车先到苏联大使馆，再去蒙古人民革命党总书记巴特穆赫（Batmünkh）的官邸，围着这两栋建筑，高喊反苏和反对蒙古人民革命党的口号。民主联盟曾经倡导非暴力抗议，现在却似乎失去了对抗议的控制。在那些混乱的日子，大约70人受伤，一名死亡。改革者没有想到会发生骚乱。

骚乱之后，政治局意识到必须要做决定了。苏联催促蒙古领导人妥协，避免进一步的麻烦。蒙古无法自处于1989年以来共产主义阵营的溃败之外。同时，有些政治局委员相信，即使自由选举，他们也会占上风。他们认为自己在乡村还有很强的政治基础，这是对手没有的。

经过协商，巴特穆赫宣布率领政治局和书记处集体辞职。这个决定通过电台、电视机传到蒙古各地，抗议者停止绝食，民主联盟的领导者呼吁人们离开广场。3月21日的大呼拉尔决定，开放党禁，并于当年7

月重新选举。

1992年，蒙古通过新《宪法》，从"蒙古人民共和国"改为"蒙古国"，并更换了国旗、国徽，实行多党制，承诺保证公民的各项权利与自由。世界上第二个、亚洲第一个社会主义国家如此迅速而和平地完成了转变。

五

同样是在苏联读书，同样生长在精英家庭，但父母帮穆尼娅选择了科学作为职业，她也距离政治、权力很远。结束了地质勘测，科学家穆尼娅已经要面对蒙古社会巨大的变化。尽管这是一个政治上的巨大成就，对于当时的大多数蒙古人来说，这却是一个经济上的灾难。

市场派迅速掌握了国家权力，在蒙古全境实行全面国有资产私有化，即"休克疗法"，同时削减医疗、教育、福利的预算。过去这些部门都由国家负责，资金很大程度来自苏联的资助。这时苏联的资助停止了，政府不拨款，不赚钱的部门陆续瘫痪。同时，保障市场运行的法制与监管体制并未建立起来，私有化极不公平，大批工人失业。物价急剧上涨，1992年，通货膨胀率达到325%。

穆尼娅当时已经是两个孩子的母亲，她在科学院的工资不够家里生活了。"我必须得养活我的孩子啊！"穆尼娅的丈夫出生于高干家庭，同样在自由化的浪潮里失去了工作，"他不想再出去为了很低的工资做事,每天都在家喝酒。"穆尼娅没有掩饰对丈夫的失望,"其实我从来没爱过他,结婚只是因为,"Munya 仰起头吐出一口烟,"因为我怀孕了,第一个孩子,我想留下来。可是我爸绝对不会同意我做单身母亲,所以就结婚了。"

坐在蒙古包里,木架(蒙古人称为墙)搭起的圆形结构,外面铺上羊毛毡,因此总有一股羊毛的味道。蒙古人热爱这种古老的居住方式,即使在小镇的院子里、乌兰巴托的楼房下,都有可能坐落着蒙古包,就像元朝定都大都后,皇宫里也搭建了蒙古包,皇后坚持在蒙古包里生产。

这是肯特省不儿罕合勒敦山下的营地,铁木真出生在这附近,统一了蒙古草原上所有的部落之后,他也是在这里被正式推举为"可汗"。因此这里成为一个旅游景点。作为对游客的妥协,蒙古包里沿"墙"安置了三张单人床,并非席地而坐。蒙古包中央的炉子并未生火,8月底的晨昏已经接近零度,但是对蒙古人穆尼娅来说,那不算什么。

1992年,穆尼娅的亲戚开了一家贸易公司。"他跟我说,穆尼娅,你俄文那么好,英文也不错,干脆过来给我联络外国客户吧。"那是经济开放的结果之一,以前蒙古从属于苏联掌控的社会主义贸易体系,畜牧产品、矿产,基本供应给苏联和东欧国家,现在公司客户有美国人、韩国人、日本人,当然仍有俄国人。两年之后,穆尼娅决定进入旅游业,成为一家涉外旅游公司的经理。因为蒙古的旅游旺季很短,6月开始,10月结束。整个漫长的冬天,都很清闲,可以做别的。

穆尼娅放弃了科学生涯，此时却发现了自己的专业派上了另一个用场。"以前在社会主义时期，大家的生活都很朴素，现在资本主义来了，有钱人开始戴珠宝了。"穆尼娅先是用她的地质知识帮朋友鉴定珠宝，后来，她去一家珠宝公司卖首饰，因为懂行而且谈吐风趣，她的销售量特别高。现在，原来的地质科学家、48岁的穆尼娅每天做两份工作，白天在旅游公司，晚上卖珠宝，来供养两个孩子读书。女儿在美国，儿子在俄罗斯，分别"攻占"了两个世界超级大国。"我希望他们毕业以后回国，改变蒙古。"穆尼娅说。

十五年前，丈夫因病去世，离开了失败的人生和没有爱情的婚姻。穆尼娅在旅游业里认识了许多西方男人，发现自己虽然变老，但越来越多男人围绕在身边，为她开朗幽默的个性着迷。"你喜欢这样吗？""喜欢。"她说，"女人结婚之后很容易变老，因为再也没人关注你，追逐你。所以啊，要保持吸引别人，和别人调情，只是不要越过那条线。"

在游牧生活中，女人也要承担艰苦的劳动，蒙古女性向来强韧，是一家人的主心骨。"蒙古女人一般都很内敛、含蓄，我不是。"穆尼娅说。毕竟来自开明家庭，经历了共产主义男女平权的革命，她更开放、自信和直接。穆尼娅现在的男友是蒙古人，和丈夫不一样，这是她认为的"性感的蒙古男人"，"剽悍、坚强"。他们在一起十年，分开居住，仍然强烈地爱着对方，"几天不见就想得要死。"唯一苦恼的是，男友和已逝的丈夫一样，为穆尼娅和其他男人的调情嫉妒发狂，"我跟他说，我都快五十岁了，能干吗啊？"

1995年，穆尼娅第一次到北京。当时中国全面发展"商品经济"，物资比蒙古丰富，她在秀水街、王府井买了好多东西。"那时候大街上没什么汽车，都是自行车，北京人穿得还很朴素，多半是蓝色、绿色工作服，但也开始慢慢讲究了，有一个女孩穿着短裤，又穿着长筒袜，袜子上还破个洞。"穆尼娅大笑，得意地说，"我们受苏联影响，穿得一直都好多了。"

可是现在的北京越来越光鲜，让穆尼娅羡慕。因为金矿和铜矿的开发，蒙古摆脱了1990年代的低谷，经济迅速发展，但是资源开发破坏了草原，获益的也只是少数人。越来越多的贫民涌入乌兰巴托，到处是夜店、醉鬼，没有人看书，都想着怎么赚钱。生活压力实在太大了，"物价是欧洲的，工资还是蒙古的，"穆尼娅说，"社会主义时代，大家都一样，不过是一样地穷，现在如果你足够努力，的确生活得比较好，可是真累啊。"

当年在广场的抗议者很快走上了政治舞台，包括当选为大呼拉尔成员、后来又成为基础建设部部长的赵日格，他质疑民主化之后自由市场经济的改革是否走得太快，他认为，腐败横行、改革不公平导致了很多蒙古人掉到了贫困线以下。1998年，在一场政治危机中，作为各方妥协的结果，赵日格被临时任命为总理。但是几个月后，两名杀手闯进赵日格家，把他妻子捆起来，等赵日格一进家门，就冲过去刺了16刀，三刀刺在心脏。奇怪的是，他们逃走之前从冰箱里拿了一瓶醋和一瓶酱油。四天后，人们拿着蜡烛在苏赫巴托广场悼念赵日格，这个死在民主胜利之后的非暴力改革者。

赵日格刺杀案始终都没有破，但他妹妹坚信是调查贪腐使得赵日格遭到了政治暗杀。

六

1998年初，穆尼娅所在的旅游公司收到一封信，那是美国人类学家魏泽福（Jack Weatherford）询问能否帮他安排一次前往成吉思汗出生地、位于蒙古东北部的不儿罕合勒敦山的旅行。魏泽福原本是在研究部落民族在世界商业史上的地位，他从北京，经中亚，到伊斯坦布尔，沿路考察古代的商道。随后他纵横万里，重走蒙古人、突厥语系的迁徙部落，又循着马可·波罗的相似航道，绕着古老蒙古帝国的外围旅行。这一年，成吉思汗幼年生长和死后埋葬的地方，经过近八百年之后，首度对外开放。魏泽福想把寻访此地作为研究计划的终结。

他找到穆尼娅的公司，只是因为当时蒙古很少有旅游公司做出网站，而穆尼娅又回信极快。从未有人提出过这条旅游线路，但是对于顾客，她当然有求必应。苏联吉普车带着魏泽福和翻译穆尼娅穿过草原，来到蒙古东北部的肯特省。没想到这次旅行竟花了五年时间。

在草原上崛起的蒙古人，并不是热爱文字的民族。他们很少留下史料，如同成吉思汗去世后万马踏平坟墓使之无迹可寻，蒙古人似乎有一种秘密的作风。这个最可畏的征服者,历史却由被征服者书写。伏尔泰在《中国孤儿》中写道,"人称他是诸王之王,暴躁易怒的成吉思汗,让亚洲的良田尽成荒野。"全世界流传的,是他野蛮暴虐的侵略形象。19世纪,北京出现一份后来被称为《蒙古秘史》的手稿,传说这里记载了成吉思汗的生平,但是手稿用暗码写成,无人能够破译。

在社会主义时期的蒙古,研究成吉思汗一直是一个禁忌。苏联人管制了不儿罕合勒敦山一带,偷偷研究蒙古帝国历史的学者,被扣上反党反政府、中国间谍等罪名,关入狱中,饱受折磨。无论是学者、艺术家还是政治人物,只要和成吉思汗时代的历史扯上关系,就会引来杀身之祸。

1990年代,蒙古人终于摆脱了这一切,他们热切地将成吉思汗印在伏特加瓶、香烟、巧克力棒、挂毯上,用铜、钢等不同材质,做成大小不同的塑像,安放在苏赫巴托广场、安放在草原上。有趣的是,成吉思汗生前并未留下任何肖像,因此他的当代画像常常各不一样。而他是什么样的人,那个历史上面积最大的帝国到底真相如何,也还是一片空白。

魏泽福从1998年开始,每年夏天都到不儿罕合勒敦山。草原上没有路,只有浅浅的车痕。一眼可以看到天边,但也可能一天都看不到一个人。他带着刚刚在美国被破译的《蒙古秘史》,和蒙古考古学家、地理学家一起,反复比对不同文本。经过五年,魏泽福找出成吉思汗出生、成长、称汗等重要事件的发生地,拼出完整的故事。2004年,他写成《成吉思汗:

近代世界的创造者》。六年后,他的另一本书《成吉思汗的女儿们》出版,描写了蒙古皇室的女性,魏泽福认为她们非常重要,却被历史忽视。

在这两本著作中,魏泽福带来对于蒙古帝国的新认识。在他看来,成吉思汗不是残酷无情的征服者。的确,蒙古铁蹄所到之处,都留下杀戮屠城的故事。但是作者反驳说,从中国到欧洲,文明世界的统治者,残忍并不下于此。况且,他认为杀戮的故事,是成吉思汗的战术,为了让敌人闻风丧胆,实际死伤人数并不如传说那么多。

在魏泽福的著作中,成吉思汗是一个智慧坚强的政治领袖。他懂得在不同的阶段联合不同的政治力量,他也是杰出的军事家,战术多变。当他统一了蒙古草原,就将部族古老的习俗编成"大法",想要结束各个部落之间互相掳掠纷争、永无宁日的历史。

铁木真的妻子孛尔帖曾被蔑儿乞部落抢走,"抢婚"正如掠夺财物一样,是草原艰困自然环境下的生活方式,但铁木真没有向古老的规则低头,他在不儿罕合勒敦山祷告三日,下山向义父王罕借兵长途奔袭,抢回孛尔帖。此时孛尔帖已经怀孕,长子术赤出生后一直背着生父疑云。但是成吉思汗始终尊重孛尔帖,并赐给术赤与其他儿子同样广大的土地。他拟定的"大法"第一条,就是严禁绑架女人。

而成吉思汗最重要的历史贡献,魏泽福认为,是他和子孙们打通了欧亚大陆,并拓展、维护商业路线,建立了那个时代的世界体系。货物、农产品、文化、医学、科技，在欧亚大陆流通，中国、印度、欧洲无不因此改变。而获益最大的是欧洲，中国的印刷术、火药和指南针就是在那时传入欧洲，如培根所说："改变了全世界的外观和状态，第一样改变的是文学，第二样是战争，最后一样是航海。"以此为技术基石，欧洲发生了文艺复兴。

魏泽福说："成吉思汗出身于古老部落，但对于塑造以商业、通信、世俗化大国为基础的近代世界的功劳远胜任何人。"

这种站在世界角度对于蒙古历史的新解读，台湾中研院院士、辽金元史学者萧启庆称之为"令人震撼"。而魏泽福高超的叙事技巧，使《成吉思汗》一书名列《纽约时报》畅销书榜长达数周之久。穆尼娅说，很多美国人来到蒙古，手里都拿着一本魏泽福的书。他们因魏泽福而重新认识蒙古，并为美丽的草原惊叹。这令穆尼娅重新认识了自己的国家，为自己作为一个蒙古人而骄傲，这是她在共产主义时期不曾感觉到的。

2012年夏天，魏泽福又来到了乌兰巴托。研究结束后，他仍然维持着对蒙古的热爱。每年夏天他都带着生病的妻子居住在乌兰巴托，这里天气凉爽，人们热情，只要出城，就是广阔的草原。而他也已经成为蒙古的贵客。乌兰巴托的书店里，显眼的位置摆放着他著作的英文和蒙文版。

魏泽福买下了市中心的一座公寓，这里市价已达一平米两万人民币。

电梯直上，打开门后，水晶吊灯照亮客厅，餐桌上的酸奶块、墙上蒙古皇后的画像和偶尔掉下来的小虫子提醒人们，这里还是蒙古。魏泽福个子不高，温暖友善，他带我们走到阳台，关了灯，窗外是任何一个城市都一样的灿烂灯火，电视塔兀自高耸在一角。"多美的夜色啊！"他说。穆尼娅惊叹："好像纽约啊！"

的确，成吉思汗的世界体系早已过去，这是今天的全球化。曾经蒙古人居无定所，逐水草迁徙，成吉思汗痛恨定居，迁徙的帐篷和军队就是他的城市。那是游牧文明一次大规模的胜利。当他的子孙们选择定居，建起一座又一座都城，王朝就奢侈腐朽下去。中国农民起义把他们赶回了蒙古草原，经过一阵战、和，来自东北的满族成为新霸主。1911年满清王朝的崩解，成了蒙古独立的契机，可是他们甚至没有机会喘息，就又落入来自北边的强邻之手。今天的蒙古，正在怀想着过去的霸业荣光，学习适应另一种世界秩序。

这时穆尼娅唱起歌："乌兰巴托的夜，多么美，多么美，乌兰巴托的夜，约会的人儿多美好。"这首歌曾出现在贾樟柯的电影《世界》里，北京的世界公园里，从未出过国的女孩会唱宁静的《乌兰巴托之夜》。世界就是这样奇妙地联系起来的。一个中国人，一个蒙古人，一个美国人，冷战时期互相为敌，此刻站在乌兰巴托的阳台上。

贫穷，然而性感

一

到达几天之后，我学会了问人们：你来自东德，还是西德？22年过去，墙倒塌了，德国统一了，但生活没办法一笔勾销。往日隔绝的，不只是地理——1989年东德人跨越柏林墙之后，一脸茫然，他们的地图里没有西柏林，墙这边的街道对他们是那么陌生。远不止如此，冷战在人们心上烙下的印记，需要几代人的生活，才能真正弥平。

花白卷发、眼神在镜片后一直闪烁的乌苏拉，在一个大风天带我们游览柏林。对于这座城市，她有讲不完的故事。15世纪开始，柏林先后成为勃兰登堡公国、普鲁士的首都。从壮美的勃兰登堡门进城，沿着菩提树下大街，古代人可笔直通向国王的城堡。拿破仑在欧洲四处征战称雄，占领柏林时，掳走了门上的胜利女神和四架马车。几年后，拿破仑战败，法国才把胜利女神还给柏林。

柏林地下是砂石，不像萨克森或者黑森林地区富饶多矿。普鲁士虽然强盛一时，但那时的世界终归是罗马的，伦敦的，巴黎的。柏林的世纪是20世纪。魏玛共和国曾把这里变成最繁荣、自由的城市，很快，希特勒把它变成自己的舞台，第二次世界大战的策源地，而战争最终也结束于对柏林的轰炸。然后冷战开始，铁幕拉下，就在城市中央。它复杂深重的命运，一直持续到冷战结束之后，余音未绝。

1961年，东德筑起柏林墙，勃兰登堡门一带变成无人区，荒草丛生，野兔肆虐。现在勃兰登堡门是柏林最重要的旅游景点之一，有人穿着旧军装与游人合影赚钱，有人在这里抗议示威——这次是工会，柏油马路上用砖砌出一条长长的路痕，那是柏林墙原来所在的地方。游人跨越其上，以示欢快而廉价的庆祝。

乌苏拉讲话时不停地神经质地把衣襟拉直，带有浓重口音的英文，常常让人难以辨识，但"墙倒塌"，一定是重要的时间点。我们谈到《柏林苍穹下》，那个长着翅膀的男人，在柏林的上空，悲伤地看着这座城市。像很多城市一样，柏林的各个角落都藏着故事，但它很幸运，这些故事都没有被忘记。有二战死难者纪念碑，有犹太人纪念馆，有二战时被害的同性恋纪念碑，有柏林墙纪念馆……柏林可能是纪念碑（馆）最多的城市，每一个灾难都要被一再提醒，为了不要再次发生。

我问:"乌苏拉,你来自东德还是西德?"

她反问:"你猜呢?"

我说:"西德。"

她很惊讶:"你猜对了,可是为什么?常常有人猜我是东德人,因为我对东德了解很多。"

我说:"有一次你提到,现在整座城市都是我们的了。"

整座城市都是我们的了,这句话中骄傲拥有的语气触动了我。在一个极权国家,"普天之下,莫非王土",而这种理所当然的骄傲——城市是我们的,土地是我们的,却只能是市民社会、民主体制的基础。

东德人和西德人的这种不同,处处皆见。二十多年前,有东德少年出国,遇到几个西德的同龄人,最令他吃惊而羡慕的是对方的自信。经历了两德时期的老人总结为:在西德,我们从小受到的教育是,我是一个自由人,我可以做任何事,直到有人告诉我说不能做;可是在东德,人们从小被教育,你什么都不能做,直到有人允许你去做。

使人民恐惧,这是极权社会最重要的统治工具。让恐惧从小灌入,在心里扎根。德国统一之后,德累斯顿公共电视台被西德人接管。编辑彼得回忆说，当时，上司走进会议室，气势颇强。她讲了一番话，等待大家的回应——作为西德人，她习惯了辩论和质疑，但是会场一片沉默，没有人说话，"因为我们已经习惯了服从。"

二

离开柏林市区，经过很多方方正正、毫无特色的苏俄式建筑，来到斯塔西监狱博物馆，约亨·沙德勒（Jochen Scheidler）在门口等待着我们。

这座红砖建筑曾是东德关押政治犯的监狱，斯塔西，就是东德安全局。1968年，苏联和华约成员国的坦克开进捷克，镇压"布拉格之春"。年轻的东德物理系大学生沙德勒和一些朋友上街散发传单，呼吁人们反对联军的行为。传单上写着："公民们——同志们，联军的坦克只是为敌人服务。想想社会主义在世界的声誉吧。我们要求事实的真相。没有人愚蠢到只考虑自己。"他被投入这家监狱，监禁一年半之后，才被送到法庭审判，判刑两年半。

沙德勒花白短发，面膛晒得很红，皱纹纵横，两脚外八字叉开，站得笔直，斯文、健壮，十分有尊严。看不出这是一个曾经剥夺他自由的地方，他谦逊地微笑着，按照安排得当的路线，一一展示昔日政权的罪恶、犯人的痛苦，只有很少的时候，愤怒使音调变高了。

我们走过监狱的花园，在这里住了一年半，沙德勒当时却不知道这个花园的存在。他们不能去花园散步，也看不到——牢房要么没有窗户，要么窗户是不透明的。一个残酷的玩笑是，唯一一个曾经享受过这个花园的犯人是监狱长，两德统一之后，他被送到了这座监狱。

这里关押的都是未进入司法程序的政治犯，他们认罪之后，才会被移交法庭，判刑转入别的监狱。不认罪，就要继续在这里承受酷刑、孤独，和"不知何时结束"的绝望。而认罪，是背叛自己的信仰和生命，向政权妥协，可是，日子总算会有个头儿。

犯人可能被关入阴冷潮湿的地下室。酷刑有很多种，其中一个是容一人站立，却又不能直立的凹壁，沙德勒要我们想象一下，在这里站上一天会怎么样。应该想象的有很多，在二楼的单人牢房，仅容一张单人床，一个马桶。守卫随时会用门口的窥视孔巡查，白天不可以躺在床上，必须坐着，却又无事可做。他在这里生活了一年半，在讯问中，秘密警察说，如果你想见你父亲，就得认罪；你想知道你女朋友怎么样了吗？她根本不关心你……

彻底的孤独，与所爱的人、世界隔绝，和酷刑相比，到底哪一个更难以忍受？

沙德勒出狱之后，物理研究的路自然断了，他做了一段时间的工人。他困惑、愤怒，"每天早上醒来，我都觉得胃痛。"直到今天，他仍然相信共产主义理想，只是它被坏人利用了。

德国统一之后，这座监狱成为博物馆，一些之前的犯人被邀请、培训成为导游，用自己的亲身体验，告诉人们当时发生了什么。沙德勒也是其中之一。

最后，沙德勒带我们到监狱后面一间简陋的水泥空房，这是当时他们放风的地方，头顶铁丝网之上的天空，是他们无法抵达的自由世界。监狱生活的记忆就压在他的胃上，"现在好多了，因为我可以帮助人们了解那段历史。"沙德勒的英文发音有点含混，这段结语却清晰有力，显然精心准备，已经讲了很多次，却仍然直通肺腑："如果你觉得这座监狱很可怕，43年前，我就在这里。我们必须保卫民主和民主体制，我们必须做些什么，不只是为了民主，也是为了生活。"

很难想象一直重复讲述自己所经受的痛苦是什么感觉，博物馆尽量不让这些幸存者讲得太多，还安排了心理医生帮他们咨询。可是仍然有人在导览的途中突然崩溃，一句话也讲不出来。

很多东德人想要忘记曾经发生过的事情。两德统一后，东德的领导人并没有被清算，没有高官被惩罚，没有一个斯塔西成员向政治犯道歉——前监狱长还声称这是最好的监狱。电影《窃听风暴》中良心发现的窃听人员纯属虚构，现实对于沙德勒来说仅仅是：没有获得应有的公正，一生却已经在折磨和黯淡中过去。但他仍然选择了面对和反击。

"你们在网络上能搜索到我的名字，我年轻的时候演过布莱希特的话剧。"我们告别时,沙德勒说。

三

可是,"整座城市都是我们的了","我们"到底是谁?过了一段时间,我才明白,无论乌苏拉是否有意如此,这句话还有别的含义。

"这不是统一,是吞并。"来自东德的小说家舒尔茨说,他用两手并列,五指交错,来表示统一与融合,用右手包住左手,来表示他对于两德统一的观点:是西德吃掉了东德。

舒尔茨生于1962年的德累斯顿,东德疆土。柏林墙倒塌时,他在莱比锡。1989年欧洲发生的这一系列变化,意味着冷战有了结果:极权体制溃败于民主体制,社会主义输给资本主义。这二者常常被画等号,但是很多东德人认为,这是不同的。

1989年,莱比锡以及其他东德城市爆发了大规模的游行示威,东德人民呼吁改革,他们已经厌倦了独裁者。可是和其他东欧国家不同,东德人没有机会重新建设自己的国家,他们有一个富有的兄弟——也有人认为这是他们的幸运之处。欧洲共产主义国家之间货货相易的经济体系解体之后,东德工业已接近崩溃,如果可以买便宜质量又好的西德产品,谁要买又贵又糙的东德货?更不用提东德政府已经欠下了大量债务,经济和政治的破产在即。1990年8月23日,东德人民代表大会做出决议:

德意志民主共和国人民议院决定德意志民主共和国从 1990 年 10 月 3 日起依据《德国基本法》第 23 条加入德意志联邦共和国。

1990 年，舒尔茨和朋友们在莱比锡创办了一份报纸。国家正在改变，他们认为自己必须参与到新国家的建设当中来，个人的文学梦想并不重要。他们自己采访、编辑、印刷、发行，舒尔茨还曾到菜市场门口去卖报纸。"我们想建立的新国家，是一个有人性面孔的社会主义国家。"舒尔茨和他的朋友们认为，只是因为斯大林主义者当政，社会主义理想才变成专制体制，它应该有新的可能。

当时许多东德人都有这样的梦想。德累斯顿当地报纸《萨克森日报》政治版的主编乌韦·彼得说，那一年真是最好的时光，老大哥没有了，有钱的兄弟还没有来。他们有了梦寐以求的新闻自由。他们讨论，如何在新的国家里，留住东德的优点。"什么样的优点？"我问。他说："比如说，社会主义体制里人和人之间比较平等，也比较喜欢互相帮助，西德人就比较冷。"一个例子是：东德的女性往往都有一份工作，而在西德，女性在结婚后就要谨守传统，相夫教子。

可是一切都来得太快了。西德政府慷慨地将东西马克的兑换比率定为 1:1 或 2:1，而当时自由市场上的比率为 10:1 和 20:1。舒尔茨记得，当时商店里所有的商品都卖空了，社会主义的人们没能抵制得了物质的诱惑。

商业经济随着民主制度来临了，手工作坊式的报社终究无法应对资金雄厚的西德媒体集团。舒尔茨离开了莱比锡，搬到柏林，开始写小说。他的积蓄只够生活一年，他计划一年之后，如果写作不能维生，就去开出租车。一年之后，他的小说集出版，受到评论界的好评，还获得了很多奖项。作为德国统一后最重要的小说家，君特·格拉斯称他为"我们新时代的叙事者"。

尽管在一个以恐惧威压为统治手段的制度里，很难谈到真正的平等，可是进入另一个以财富来区别人们的社会，"人人平等"的理想再次复活了。

"统一意味着你从这边拿些东西，从那边拿些东西，但是，东德什么都没剩下。"的确，对于西德人来说，生活并没有改变，可是对于东德人来说，一切都变了，自己必须也改变，去适应这个新的国家。这让人们难以相信：过去发生的一切，真的一文不值吗？那些一生笃信的理想，还有青春，都只是笑话吗？

舒尔茨已经成为德国政府激烈的批评者之一。他说，社会主义和资本主义的竞争，使得西德成为比较好的政府。历史学家霍布斯鲍姆也有类似的观点，不过他说的是：社会主义唯一的成就是使资本主义在竞争中接受了自己的理论，这很讽刺。一些欧洲国家建立了更甚于社会主义国家的福利制度，包括西德。可是竞争的消失，使得情形坏了，舒尔茨说，现在德国贫富差距变大，看电影、去餐馆吃饭，对他的很多朋友来说，成为了奢侈的活动,"还有,你总不能把水拿来做生意吧?水是公共产品,不应该私有!"

我们坐在舒尔茨家附近的咖啡馆。这里是普伦茨劳贝格区,属于东柏林。他说:"我还是希望住在原来东德的地方。"除此之外,统一之后,很多人离开东德,房租变得很便宜,艺术家和移民们蜂拥而至。其结果是,许多年后,这里到处是咖啡馆、世界各地风味的餐馆、店铺,充满活力,可是也有点时髦了。

柏林咖啡馆很多,人们喜欢坐在户外闲谈,晒太阳。街区都有大树浓荫,空气纯净,每一样颜色都很浓。我想着人们悠闲的生活,干净的空气和食物,这几乎是我所见最好的社会制度了,或许还想起了自己的国家,听着舒尔茨的批评,忍不住说:"也许,这个世界上没有完美的社会制度,完美的社会。"

他说:"对啊,所以我们每天都得斗争,为了民主和平等。"

四

我开始热衷于寻找东德人的面孔,有点犹疑和哀伤,又是亲切的,和西德人的浑然自信比起来,这种复杂更令人触动。经历过苦难的坚定,更强壮。

乌莉就是这样的例子。在六月的新克尔恩街区文化节，乌莉和朋友们在一所废弃的监狱表演了一出现代舞，来表达当人们被囚禁时的感受。平时，乌莉在小学教小孩子跳现代舞，借舞蹈来表达自己。尤其是在移民子弟学校，"这些小孩子的身体是非常紧张的"，来到这个陌生的国家，他们有太多东西要适应，语言，文化，这让他们很不自信，尤其是女孩子，可是当经过一些舞蹈练习，身体打开的时候，她看到孩子们眼睛突然亮了，那一刹那的光彩，让她很有成就感。

乌莉动作夸张，表情也比常人放大，薄薄的嘴唇涂得鲜红，和绿色外套形成戏剧性的冲突。每年都有很多艺术家来到柏林，这里真是一个令人兴奋的地方，房租比别的大城市便宜，生活丰富多元，什么样的怪人都有，可是过一段时间，沮丧总会到来，永远有更年轻、更拼命的艺术家来到这里，房租一天天涨起来，难道要永远做免费的艺术吗？乌莉也在担心这个，可是，她摇摇头，管它呢，以后再说，至少现在，柏林是天堂。

新克尔恩原属东德，同样因为便宜，是移民和艺术家的聚居地，也是最有活力的地区之一。乌莉说，虽然同居于此，实现着两个层面的多样性，但是移民和艺术家的生活完全没有关系，移民日出而作，日落而息，辛勤作息，而艺术家昼伏夜出，怎么能让两种人的生活发生关系呢？也许乌莉的工作，是一种这样的努力。

为什么她会对这些移民小孩的神情这样敏感？她说："因为我来自

东德，我知道那种在边缘的感觉。"10岁时，乌莉随父母迁移到西德，虽然讲同一种语言，却是完全不同的文化，她必须察言观色，重新学习一套规则。"我在两种社会制度里都生活过，这一点对我很重要。我很庆幸没有继续生活在一个极权国家，否则我可能已经被抓起来了，可是我也不喜欢物质主义，用金钱来评判一个人是不对的。所以我要利用在两种体制里的好处，我用现在享有的言论自由，去批评这个体制的缺点，让它改进；我用东德人的边缘经验，来帮助移民。"

五

对于周三晚上的欧洲城市来说，人多得不寻常。珍宝公园的草坪上，人们或坐或站，三五成群，照例是人手一瓶啤酒。很多人站在一边，仰头看着一部线条与色块变幻、不知所云的短片，那是一部当代艺术作品。酒水摊和烧烤摊前面，挤满了人，德国人秩序井然的神话没有上演。

这是"扎根柏林"（*Based in Berlin*）当代艺术展的开幕之夜。参展艺术家来自四海，但他们现在都住在柏林。柏林市长沃维莱特出席了开幕式，展览想要表达的是，这是柏林，是当代艺术的世界中心，对年轻艺术家敞开胸怀的城市。跟所有地方一样，多半的作品不明所以。至少有两件作品，是以一堆破烂砖石为主要内容；有一幅在墙上贴满了放大的1块、2块的欧元硬币的模型，还有几件，是以柏林夜店场景为内容的视频。德国记者丽贝卡总结说，看样子，我们可以得出两个结论：柏林很穷，夜店很重要。

在公园里，每个人看上去都很开心，而原本该是夜晚主角的艺术展室里，观者寥寥。丽贝卡提着啤酒瓶说："我觉得艺术展不重要，大家只是太爱柏林，太骄傲于自己是个柏林人了！"

"二战"之前，柏林曾经是德国的商业中心、媒体和出版中心、金融中心……随着战争爆发、战后柏林的被分割，产业都搬离这个不安全的城市，银行搬到法兰克福，媒体和出版公司搬到汉堡，工业搬到慕尼黑、斯图加特。在东德的封锁下，西柏林的日常物资都需要盟军空运，更谈不上经济的发展。很长时间以来，为了维持这个象征意义极强的城市，德国联邦政府十分善待西柏林，包括财政拨款，让人们无需工作也能生活，而城中男性也无须像其他西德男性一样服兵役。

直到今天，在德国所有联邦省份和城市中，柏林是最穷的地方之一。也有人说，柏林人已经习惯了被供养，他们太懒了。

1960年代，美国总统肯尼迪在柏林发表演说时慷慨说道："我是一个柏林人。"他想要表达的是，美国将会站在西柏林、西德人这一边，抗击共产主义阵营。被东德围困的西柏林人，需要得到同盟。

而冷战结束之后，"柏林人"在生长出新的含义。

柏林被称作最不像德国的城市。如果发生了日本海啸一样的重大灾难，德国人会像日本人一样秩序井然吗？丽贝卡说，德国其他地方也许会，我想柏林人不会，因为其他地方只有一种人，可是柏林，什么样的人都有。

丽贝卡是德韩混血儿，尽管出生在德国，但是黑发、黄色皮肤、个子矮小的她，从小就要面对这个问题："你是哪个国家来的？"她说："我是德国人。"对方问："那你爸是哪儿来的？"她说："我爸也是德国人。"对方问："那你爷爷是从哪儿来的？"一直追踪到亚洲族裔才肯点头罢休。有时候，对方会强调重点说："你到底是哪儿来的？"生性幽默的她回答："我从我妈肚子里来的。"

尽管对于希特勒的种族政策有很多反思，但是德国人并没有完全走出种族优越感。移民仍然是德国最重要的社会问题。白人天生地觉得自己是这块土地的主人，对于其他肤色的人，如果你说你是德国人，他们会怀疑地看着你，"可是如果你说自己是柏林人，所有人就都理解了。"丽贝卡说。

历史上，柏林就是一个开放的城市。17世纪，国王弗里德里希·威廉一世公开邀请被法国驱赶的胡格诺派教徒来到柏林，填补"三十年战争"造成的人口空虚。到威廉一世去世时，定居的胡格诺派教徒占到柏林总人口的20%，柏林成了一个移民城市。

而冷战结束之后，便宜的房租吸引艺术家和移民来到这里，让柏林真正变成了国际化的都市，一个当代艺术的中心。这也改变了柏林愁云惨雾的沉重形象。

今天，柏林的面貌也跟柏林市长沃维莱特有关。2001年，他在竞选时公开宣布："我是同性恋。"他给出了柏林的新描述：贫穷，然而性感。柏林的夜店越来越有名，邻近国家的年轻人，会在周末、假期来到柏林，租一套公寓，尽情享乐。沃维莱特四处推广柏林的新形象，市政府支持各种关于艺术、多元文化的活动。6月的每个周末都闲不下来，世界狂欢节、同性恋游行、街区48小时艺术节……柏林像一个永不结束的派对。

很多人批评沃维莱特四处作秀，但也有很多人喜欢他。德国记者玛雅说，过去，德国人出国总不好意思承认自己是德国人，因为战争和屠杀的历史，也因为德国人既有的固执、僵硬形象，可是沃维莱特改变了这一形象，德国人也可以很酷，很幽默，为什么不呢？

六

"每个人都是世界的一部分，可是总有很多人以为自己是世界的中心。"维兰德·施佩克，柏林电影节全景单元负责人、泰迪熊奖创办人说。

施佩克生在德国西南部，1960年代末，少年的他发现自己对男性有好感，他不知道那是什么，欧洲的政治运动才刚刚开始，也不认识其他的同性恋。20岁时，他知道了一个男同性恋组织。他去参加活动，却把对方吓了一跳。组织内都是比较年长的人，忙着跟世界解释，男同性恋不都是娘娘腔，也可以是阳刚的男人。可是作为新的一代，施佩克是个火焰男孩，浑身色彩缤纷，红色头发，蓝色指甲。他也并不是想装扮成女孩，可是他很清楚，他不想变成传统的男性形象。

如果说作为同性恋本身就意味着活在边缘，那么施佩克选择了一条更窄的路。他希望自己是雌雄同体。他不喜欢落入一切陈规，包括旧有的性别观念。

施佩克离开家乡，来到柏林。当时是西方社会运动的梦幻时期，不同领域的浪潮并进。连同性恋组织都有共产主义、女性主义、社会民主主义各种流派，互不服气，吵个不停。施佩克抱着很大的期望加入，结果却非常失望。他自认左翼，但他不喜欢结党，不喜欢教条。他和同样失望的一些朋友们开始了一场新的运动：反对男性霸权。"我们觉得问题不在于我们是同性恋，问题在于这是个男权社会。我们是男人，我们应该去统治女人，但我们不想，我们还要阻止其他男人这么干。如果每个人都平等了，男同性恋也就没有问题了。"

吊诡之处在于，男人总是喜欢自以为是的发言，嗓门又大，施佩克和他的朋友们不想这么做。他们要学习倾听和理解。可是如果不说，怎么推广自己的理念呢？没有推广，又怎么促成改变呢？

所以这个运动没有成功，但是有很多认同这一理念的男同性恋因此找到他们。而不屈服于陈规的思考方式，也贯穿了施佩克的人生。

1970年代末,施佩克拍了一部电影《柏林墙之东》,讲述自己的爱情故事。之后,他加入柏林电影节全景单元。那时,美国、德国、加拿大、英国、意大利,都已经有了酷儿电影节,1987年,这些电影节的负责人在柏林聚集。他们在同志书店开了一次会议,结论是:同志社区内的亚文化固然重要,可是如果在柏林电影节这样的层级举办同性恋电影节,意义非同寻常。

第一年的泰迪熊奖,很少人知道,只有一些知识分子、同志组织者来参加。第二、第三年,人渐渐多起来,派对成为最受欢迎的部分。"这很重要,因为酷儿喜欢派对,异性恋也喜欢派对。"他们选择有名的地点,邀请明星,同时派对开放给所有人,"以前异性恋觉得是被排除在外的,现在我们不排除任何人,每个人都可以来。我们要带着社区走出去。"

今天泰迪熊奖已经成为国际性的著名奖项,西班牙导演阿尔莫多瓦就从这里成名。而2011年6月,30万同性恋走在柏林的大街上。在更早一周的同性恋嘉年华中,男女同性恋在街头跳舞、喝醉。

今天在柏林街头的同性恋们,他们没有经过抗争、运动,自由似乎与生俱来,但他们真的明白自由的意义吗?没有经过痛苦经验的淬炼,如果没有努力争取,自由还会可贵吗?

四年前,施佩克去波兰华沙帮助筹办酷儿电影节。波兰社会还相当保守,大街上有很多人抗议,政府撤回了国有电影院。可是这时嘉宾也请来了，又完全没有钱，要怎么办？"这种事情的发生，会把你一下子踢回三四十年前，那时候我们在德国经历的是完全一样的事情。可是现在，在柏林，你看到很多被宠坏的同性恋，他们不做任何政治努力，好像一切权利都是理所当然。"

这些年，施佩克冬天筹备柏林电影节全景单元，夏天去各地帮忙举办酷儿电影节。他知道自己的形象、名气可以帮助那些生活在困境中的人们，华沙，圣彼得堡，萨拉热窝，西西里……这些地方发生的事提醒他，权利不是从天而降，而且很有可能再次失去，必须要为之奋斗。

而某种程度上，他追求"在边缘"的感觉，他想要有反省的生活。在社会结构的运动中，很多人从边缘进入主流，困难消失了，生活变得庸常。同性获得结婚权之后，家庭变得和异性恋一样了。但施佩克不想这样，他在世界各地工作，和朋友、伴侣建立新型的家庭，承受着不确定性带来的危险，也享受不确定性带来的美好。

在柏林化石一样叠加的历史中，贫穷而性感成为最新的一层。它是新的政治，也是新的生活。

柏林断章

一

——这是什么？
——这是一个苹果。
——这是一个香蕉吗？
——不，这不是一个香蕉。这是一个苹果。

这是我们在德语课学的句子。进入一门新的语言，似乎要先进入智力上的幼稚状态，重历一种文明的萌生与成长。神经质地确认一种水果，反复地诵读数字，每个词都要分阴性与阳性，可是为什么沙拉是男的披萨是女的？老师一摊手，我也不知道，就是这样的，习惯形成，只要记住就好了。

老师叫 Axel，来自斯图加特，瘦长，秃顶，微微驼背，行动轻缓，常常浮现一抹诡异的微笑。从白纸教起，就要有原初的表达能力——图画与戏剧。Axel 每天都带来很多卡片，让我们把图画和单词对应。我们常常看着图画大笑，这种稚拙笔法，是属于幼儿园小孩的。我问：Axel，这是你画的？他说：对啊，这是我的艺术作品。我们大笑。他说，不要笑，我办过展览的。

今天听录音，一对老头老太太去超市买菜。称完了土豆、胡萝卜、香蕉，称蘑菇。224 克，好吗？太多了，拿掉一个，再拿掉一个，198 克，这样好吗？这样很好。

Axel 一边写下"结婚"这个词，一边指着图画里的老头老太太说，他们结婚了，他们不孤单了，结婚很好。我说：不，结婚不好。Axel 瞪大眼睛：结婚不好？我说：是的。Axel 走到我前面：为什么？我一时不知如何表达，只好说：因为买菜要花太长的时间。Axel 说：哦，不过一旦决定了就好了。

Axel 两年半之前在玻利维亚结婚。看样子他觉得结婚很好，可是结婚这个单词太复杂，怎么也记不住。于是他现填了《结婚进行曲》，教我们唱，大意就是，结婚啊，结婚啊，结婚真好。结婚啊，结婚啊，结婚后在床上就不孤单了。我用中文对同学说，现在是开始耍流氓了吗？可是童男子 J 天真地问 Axel：为什么结婚了在床上就不孤单了？

我们在德国待两个月时间，组织者 Martina 安排了两个礼拜学德语，她说，不期待你们学到什么程度，但是希望你们感受一下德语。

有趣的人往往都是自己文化的叛徒，我常常这样觉得。单一的视角是可厌的，我从来不觉得天真是一种美德。

但我对学习外语都没什么热情，因为没有耐心跨越过背单词记语法的童稚阶段，貌似保持对中文的忠诚，其实为懒惰。

二

老师让我们用表情图画讲故事。想家的男孩抢走了所有悲伤的图画，给自己制造了一个眼泪滂沱的情境。我只好用剩下的图创作了本人的第一个德语故事：我工作。我听故事。我写下来。我很开心。我睡了。

讲完之后，为这个无聊的故事惊喜了一下：简单的言辞有另外一种力量。今天，Axel 带了一张叫作《December》的钢琴独奏 CD 来上课。打开音乐，他让我们朗读课本中的一封信。我几乎流泪。译文如下：

亲爱的 Sara：
你不在这里。我很难过。
我弹琴。我工作。我写作。我等待。
你什么时候来？

你难过吗？你快乐吗？

你在做什么？

你在哭吗？你在笑吗？

你在工作吗？你在听音乐吗？

你在等待吗？

你住在汉堡。我住在柏林。

我很孤独。你很孤独。

但是这很快会过去。

我做梦了。梦见未来：

你住在汉堡。我也在汉堡。

或者：我住在柏林，你也在柏林。

你和我。我和你。

我很快乐。你很快乐。

我寄了花给你。

你会很快来吗？

我爱你。
Jan

三

Axel 真的是艺术家！

昨天下课时,我问:Axel,你为什么做老师?他说:我为什么做老师?因为我喜欢做老师啊。我说：真的吗?他说：真的啊,要不然你以为是什么?

我开始搜肠刮肚组织语言。上个礼拜情形很糟,两个中国学生,一个不停打喷嚏,眼皮耷拉,一个一直低头看手机,搞不清楚在干吗。常常Axel抛出一个问题,半天无人回应。我勉强睁眼,脑子一片糨糊。看他坐在那里,浮现不易察觉的微笑,似乎对我们讥讽又无奈。我从难堪、抱歉转为好奇,Axel这么有趣的一个人,到底为什么要每天五个小时对着不专心的笨学生?

肠子刮干了,还是没讲出什么,我张口结舌。像上课的惯常情形一样,Axel没让这尴尬的空白持续下去,他带着终结对话的认真说：当然很复杂。Axel大学时读艺术,可是做艺术家太穷,没办法养活自己,所以他开始做老师,"做老师对我来说非常简单,又能赚钱。"同时他导演话剧,写音乐,写文章。在维也纳,在玻利维亚,在美国。这两年回到柏林,Axel没有再做艺术了,"柏林艺术家太多了,更不可能靠艺术赚到钱。可是我已经48岁了,我不想再那样了,辛苦做一个项目,一分钱都没有。"他开始收拾课本,笑容浮上来,恶狠狠地说："所以我恨当老师,我完全是为了钱!"然后眨一眨眼睛,像是说：你满意了吧?

今天德语课程全部结束,Axel很认真地道别。我发现他头顶虽秃,金色眉毛却长得快要遮住蓝色眼睛。他说,希望你们回去之后,写一些关于德国的文章，可是不要只写好的，德国也有很多不好的方面，你们只要写真实的东西就好了。我想，Axel是个好老师，而我，至少在这个礼拜，也是一个好学生！

再见，Axel。

四

收到Martina的信：Yujie，我要介绍Maya给你认识，她去过两次中国大陆，马上要去台湾，最重要的是，她做的巧克力蛋糕是柏林有名的！Maya回信说：我们约什么时候都行，来我家也行，去外面也行，我刚从中亚回来，那儿比中国人还随性，所以，你什么时候想来，打电话给我就行了！

这让我稍微想念了一下在中国的日子。通常不知道第二天要干吗，被放鸽子是常事，当然，有时候也放别人的鸽子。有次和朋友们约吃饭，我在餐厅坐了一个小时，第二个人才出现。可是"随性"也意味着半夜可以拉一个朋友出来喝酒，或者约定一个明天的采访，这个采访很可能远远超出约定的时间,只是因为大家聊得很开心。在德国,没错,Maya说,即使是好朋友打电话：我们好久没见了，哪天一起聊聊吧。对方会说，好啊，我看看……三个礼拜以后有空。"他们不是真的没时间，就是不习惯那样。"

Maya 的脸圆圆的，高，胖，穿着黑色长裙，走路以肚脐为中心，左摇右晃，是个神气的女人。夕阳从她身后照过来，脸上金色的绒毛随风飘摇。据说柏林天气比往年暖了很多，但六月还是如此清凉。坐在她家的阳台上，我毫不客气地喝酒吃蛋糕，很快把自己搞得晕晕乎乎。

Maya 来自莱比锡的一个小镇，属于东德，紧邻西德。1945 年，东、西德划界的时候，镇上很多年轻人跑去西德。妈妈的哥哥和姐姐也离开了。外婆对当时还不到 20 岁的妈妈说，如果你也走了，我就上吊。当时妈妈有一个男朋友，男孩也去了西德。有一天他回来问妈妈，跟我走好吗？妈妈说，不行。男孩在疆界另一边，每个礼拜都爬到一座山上，向这边的妈妈挥手。这样持续了十年。十年后，男孩撑不下去，结婚了。妈妈也结婚了，有了 Maya。但是，Maya 说，这是一个非常糟糕的婚姻。

1990 年，两德统一之后，当时的男孩已经变成老头，他回到莱比锡找到妈妈。两个人都已离婚，可以重新开始了。可是经过了这么多年，两个人都已经改变很多，想法、观念、经历都不一样，终究写不成童话。

我问，是什么样的不一样呢？Maya 说，在东德，通常女人都要工作，都觉得男女是平等的，但是西德人还是认为，女人就应该像个女人的样子，待在家里做家务。这种性别观念，Maya 觉得是最主要的错位。

五

两德统一前,莱比锡是东德最重要的抗议中心。1980年代的东德,已经不像人们想象的那样封闭、压抑。Maya和朋友们在家里组织半地下的音乐会,文化沙龙非常活跃,政治也在松动,"那时候真的很酷。"

Maya带我到一片工地,那里曾经是国王的城堡,柏林的政治中心,二战时城堡被炸掉了一半,东德政府索性拆掉,盖了工人文化宫,那是一个典型的共产主义建筑,可以开会,可以演出,方正,恢弘,但很无聊。1990年代之后,这里失去了政治功能,变成了艺术展览空间。紧接着,统一之后的德国政府说要恢复古老德国的荣耀,于是把文化宫拆了重建城堡。Maya说,"他们就想把东德的象征物拆掉,证明西德一切都是对的,问题是,又没有国王,你修个城堡干吗?"更讽刺的是,因为没钱,工程也停了。

东德人没有办法接受统一,他们是在怀念社会主义时代吗?还是痛切自己的历史、生命被抹去了?在魏玛,包豪斯的学生Alex说,"我去过北京,觉得好亲切,那些社会主义建筑,大楼,纪念碑,德国很多人想拆掉这样的建筑,觉得太难看,而且是威权的象征,可是我觉得,那也是我们的历史啊,干吗要拆掉,然后修一些假古典建筑?"

我想,这些哀婉社会主义历史的人,也许曾是体制中的异议者,也曾因为体制的黑暗而充满愤怒、否定一切。看到他们,令我触动。该怎么看今天？我今天，又怎么看我的父母，或者早期的中国共产党人？与其期待后事之明，也许应该学会和历史共处。

六

Maya 的英文，口音很重。学德语的时候，Axel 告诉我们，德语和英文不一样，不要连读，要一个字结束再开始另一个字，可是很多德国人在讲英文的时候，飞速而含混地讲一大串，没有停顿，没有标点，兼有英文和德文的发音，像一段意识流的小说，话音落时已经是一段故事的末端。我很喜欢和 Maya 聊天，可是每一次都累个半死。

Maya 是一个有意思的人，不拘一格。2008 年，她作为 IJP[①]的伙伴去中国，正遇到四川地震，很多人去灾区收养地震孤儿。同行的德国记者写了一篇这样的文章，发表在德国右翼报纸上，文章说，因为中国的一胎化政策，很多家庭没有儿子，所以他们去灾区只是想要个儿子。Maya 说，天哪，我真不能相信她写出这样的文章，太丢人了！她根本不去了解中国，每天只想待在房间里和男朋友讲电话，采访了一次就写出这样的稿子，太丢人了！

在那一次的旅行，Maya 结交了一个中国朋友，一起跑到江西乡下，玩得很开心。但她还是忍不住说，我觉得很多中国人很无聊，他们想的

---

① International Journalist Program,国际记者交流计划,本文作者即是因此项目赴德。

事情都是一样的。我点头同意，没错，基本上就是赚钱。当然，她说，德国也有很多无聊的人。比如说，她的一个好朋友是 gay，"他成天都在发愁，因为好像 gay 得有 gay 的样子，要常去健身，身材要好，得喜欢 Madonna，要不然好像就格格不入，可是有一天，这个男人突然爱上了一个黑女人，他吓坏了，怎么跟身边的人解释？她虽然很美，但似乎不符合标准意义的美。他纠结死了。"

而她的另一个朋友，是一个异性恋的女人，在男同志组织工作，帮助他们，也是他们最好的朋友。有一天，这个女人和男人结婚了，结果所有这些同志都不再和她来往，他们觉得，她背叛了他们。"你能想象吗？她为他们工作了那么久！" Maya 停住了，很激动。

我们在 Maya 住的街区散步。她骄傲地说，这是同志聚居的区域。"一战"之后，这一带聚集了很多同性恋和艺术家，非常活跃。希特勒上台之后，很多男同性恋被用粉红丝带区别开来，送到集中营，所以这里的街头有一个小小的角落，纪念在纳粹时期的同性恋受害者。

我又想起采访 Wieland 时，他说，今年的同志游行，有 20 万人在街上，可是我想，天哪，我就是为了这些人做同志运动。对，他补充说，我是为了他们，为了今天的盛况，可是不代表我要和他们在一起啊。

没错，如果自由与生俱来，人们知道自由意味着什么吗？那会不会只是一种随波逐流——无论那是什么样的潮流？没有经过痛苦经验的淬炼，没有死之终点，人们会珍惜生活吗？我想对我而言，答案很明确，不经反省的、太轻易的生活，是不值得过的。

七

我已经很努力在交朋友了。当时的日记里我写道。

我赴每一个约，我也发出很多邀约。可是后来还是忍不住抱怨，德国人太难交朋友了。典型德国人 Patra 脸上露出老实巴交的歉意：的确，我的朋友都是同学，同事，很多年累积下来……听说德国人成为朋友需要很久，可是当他们认定你是朋友，就会非常可靠。只是我来自中国，只有两个月，方生即死，来不及等待。

我坐在咖啡馆，天花板是一群裸男的春宫图。对面的大叔不停地踢桌子，对着右下方的空气怒吼。所有的 waiter/waitress 都穿鼻环。一口黑啤酒下去，脸皮很快发麻发胀，脑中物轻飘起来。我在日记本上又写下：以后不能在白天喝酒了。

不喝酒无以遣寂寞长日。有天醒来，房东粉红色的被子像工业城市的污染尘霾一样压住我，没办法呼吸，也没办法起床。我打开电脑，没有信，没有人答应接受采访，也没有人记得我。我上网，看新闻，看八卦，不停地刷屏，屏幕只闪烁，没有更新。我吃了面包，又吃香蕉，又吃樱桃。脑子里没有任何东西。像鲁滨孙在孤岛已经停止张望海上，可有一缕烟吗？有一线船帆吗？世界一定还在运转，充满热腾腾的欲望，在自我毁灭的途中，可是这一切都和我没有关系。

海上终于出现了船，Maria 和 Lene 来了。我大声对她们说，你们是我的老朋友！似乎自己也难以置信，这两个只见过几次的丹麦人！可是她们知道我叫大头，我们都认识 Sam，她们还会说一点中文（Lene 最喜欢说，too much 麻烦）！ 和初次见面的人相比，需要解释的东西少太多了。

她们第一次到北京，去女同志酒吧，有人说，你们等一下，我去给你们找一个会说英文的。Lene 说，可是喝了两瓶啤酒之后，我发现每个中国人都会说英文！ 接下来令她们晕眩的就是，没完没了的 TP 话题。每个人都问，你们谁是 T 谁是 P？两个人对看一会儿，Maria 说，她现在越来越 T。最早她们互换衣服（多半是裙子），后来 Lene 变短发俊俏，T 恤仔裤，Maria 拍拍 Lene 变胖的肚子，现在她有这个，也穿不下了。

Maria 很幽默，她的幽默来自毫不设限的聪明头脑。她讲起自己大学时曾经去给妓女当助理。老板在里面工作，她在外间一边看书一边接电话：哦她现在有活儿，得等一下。我笑，Maria 你好有趣啊。她笑，是吗？Lene 说，对啊，我就是喜欢你的幽默感，又很活泼。Maria 说，可是我看见喜欢的人就紧张，完全说不出话来。我惊讶，真的吗？Lene 说，对啊，我们第一次见面的时候，她很紧张，躲在厨房不敢过来跟我讲话。Maria 说，所以那是十年前的事情了。

我对这种在一起时间很久还仍然相爱的情侣非常好奇,不拘一格的双鱼座 Maria,和秩序井然的处女座 Lene,相同和相同溶为倦怠,在差别之中又凝固着陌生。怎么会在一起这么久但还是相爱的? Maria 说,我和她还是最谈得来,最了解彼此。那你们吵架吗?我问。Lene 说,吵啊,都是些特别傻的事儿,"你上次说××××,我没说,你说了……"但我们互相太了解了,知道这些不会让我们分手。

两年前在哥本哈根,Maria 和 Lene 带我们去看演出。一个调皮的五人男生和声团,唱好多黄歌,接下来就是 Maria 她们的节目。有人全身赤裸,只包扎了阴茎和戴了假发,有人腆着肚子在舞台边上自顾自地跳,Maria 蒙着黑色网纱,Lene 的装扮很像海盗,她们唱着,到底是谁怪异?谁怪异?然后指着台下的我们:就是你!你!你!

丹麦人常到柏林。因为柏林物价便宜,遍地夜店。她们会约一些朋友,从哥本哈根坐长途客车过来,租一间公寓,开一整个周末的派对。可是 Maria 和 Lene 有一阵没来了。因为去年冬天,Maria 在街上和朋友聊天,一块雪从屋顶掉下来,砸在她头顶。她说:哥本哈根的冬天很危险!她在家休息了半年,不能到太吵的地方,不能坐飞机。

她们的朋友 J 有四年没来柏林了。J 高,瘦,挺直。阔嘴加上没有眉毛,看起来有些凶相,但其实他不过就是个小甜心。他很怕鸟,我们在餐厅吃饭的时候,有一只麻雀飞了进来,J 吓得直往我怀里钻,Maria 和 Lene 大笑说,看,什么是 T。J 以前也做媒体,应该是一种富裕、纵情的日子。平时勤奋工作，周末彻夜跳舞，做爱，不被羁绊。可是四年前检测出了艾滋病毒，一切都翻转了。他在酒吧讲出这些的时候，我表面镇定内心不定，我是不是听错了？被写了很多次从浮华到寂寥的故事，现在就在面前，艾滋病毒携带者？为什么要告诉我？

每月一次的土耳其同志派对。J看着舞池里：好多我喜欢的类型啊。音乐鼓点急捣密语，瞬间静止，一下，再一下，轻，再轻，试探，挑逗。肚皮舞者颤动着身体，媚眼四飞。然而我们在两点离开，人们正酣。Lene自言自语：这个时候回去正好，不然Maria要生气了。

回去的路上，我发短信给Lene说，谢谢你们陪伴我在柏林的孤独生活。

命运交叉的城市

一

周末的清晨，城市还没有醒来，行人寥寥，门市闭锁。天色阴沉欲雨。窄小的街道旁边，是灰扑扑的低矮小楼，墙壁上有雨水浸渍的黑色印记。这是许多中国南方城市的样子。因感冒而昏昏沉沉的我，四顾徘徊：我到底在哪里？

这时，听到身后有异动，回头一看，原来正在穿过马路的我，挡住了骑脚踏车的中年妇人。她正在骗腿下车，对我微微一笑，转弯上车继续骑行。我明白了：哦，我在台湾。

2008年底，画家陈丹青访问台湾，回来后写下《日常的台湾》，感慨在大陆消失许久的"温良恭俭让"，在台湾找到了。这也是许多人到达台湾之后的第一感受。

很少有汽车会鸣笛。仅容一车可以通过的巷子里,行人往往走了很久,猛然回头才发现有一辆客气的车默默跟在后面。地铁里顺序上下,不会有人蓄势待发如虎,稍有空隙就推开别人往前冲。在这里,一旦出现空位子,站在座位附近的人们相互微笑谦让,才会有一个人稍带歉意地坐下。不小心被背包扫到,立刻就会有人说:对不起。但这种客气又并非虚伪,无论是路过行人,还是"名人",他们说话时都会看着你的眼睛,真诚,信任。

公共汽车上,每个人在刷卡下车时,都对司机说,谢谢。朋友说,你有没有注意到,你是唯一一个没有说谢谢的?的确,我像一个来到君子国的小人,倾慕又不自在。

来看繁华的人们要失望了,台北市容陈旧平凡。除了前世界第一建筑101于平地中拔高楼,十分突兀,台北是一座与人和善的城市。小小的街道,处处是便利店、小吃店。台大附近的巷弄里,遍地是咖啡馆、书店。人们在此恋爱、写作、高谈阔论,用最美好的方式打发时光。

据说蒋介石败退台湾时,以为自己不需久居,带了黄金、珍宝、军队、文人,唯独没有带建筑设计师,所以台湾建筑少有亮点。有人说,他带去的一代知识分子,是最大的财富。无论台湾的经济腾飞还是民主体制的建立,都有赖于这一代和他们教出的学生。国民党时代没有以革命的名义去摧毁几千年来的人伦道德，相反，他们以儒学传统配合威权治理台湾——这一点在今天常常受到批判，但这些传统终究渗透在人们的日常生活，日后在政治制度翻盘的过程中，留下了华人温厚的底子。

"台湾是越来越温和了。"林怀民站在街头，路过的行人往往侧目，有人低声对旁边的人说，云门的林老师。林怀民形容自己"五短身材"，精瘦朴素，虽已多年不跳舞了，但他的身体语言仍奔放、有表现力。他通常穿一样的黑色衣裤，坐地铁、公交车、出租车，他不喜欢开车，因为"开车接触不到人"。

说是传统，却又不尽然。在礼貌和谦让中，处处有着对"个人"边界的尊重。原有的父权体制已经被改变，年轻人反对威压，有更多的机会发展自由心性。坐在咖啡馆仍然用纸笔写作的作家，处理的命题是现代社会中个体的孤独。

林怀民从小在国民党教育下长大，受很严正的《论语》教育熏陶，动不动就是"士不可不弘毅""任重而道远"，这是传统中国人安身立命的价值和努力的方向。年轻的一代受更多西方价值观的影响,不再为"使命感"折磨，他们更有可能张扬个性，追寻生命不一样的意义，也更有可能虚无。

最能说明传统与现代之间张力的，又非林怀民与云门莫属。林怀民5岁时看了电影《红舞鞋》，那双停不下来的红舞鞋，在他身上注入了无法磨灭的魔力。14岁时他的第一篇小说《儿歌》在《联合报》发表,一拿到稿费他马上就去报了一个班,去学跳舞。

那时候还没有专门的舞蹈学校,女孩子学舞蹈是不正经,男孩子学舞蹈,那简直就是不正常了。林怀民没有想到此后会以舞蹈为生,1969年,他作为一个心怀天下的文学青年,去美国读书。在爱荷华的小说创作班,老师要求选修一门其他艺术,林怀民就去学跳舞,学了一个多月,又去学习编舞,老师很奇怪地问他:你对舞蹈这么有感情有领悟,为什么还要去读小说呢? 1972年,林怀民回到台北,第二年开办了"云门舞集"。

在美国的三年,对林怀民的冲击是全方位的。那是西方社会的革命年代,学生运动风起云涌,年轻人走上街头,宣布要改变这个世界,寻找另一种可能性。而在另一方面,1971年,美国宣布将位于台湾东北海域的钓鱼岛列岛交予日本,引发了台湾青年的"保钓运动",他也是热烈的参与者之一;这一年的秋天,中华人民共和国取代了中华民国在联合国的席位。台湾处在空前的身份危机当中。

个人的青春适逢时代的青春,林怀民带着热情和焦虑回到台湾。他说,和白先勇那一代移民不一样,自己是战后出生的、土生土长的台湾人,这是他的家园。他想要讲述台湾的故事。几百年来,一代一代中国人从福建渡海而来,筚路蓝缕,历尽艰辛的生活与繁衍,创造了台湾的繁荣。他将这出舞蹈命名为《薪传》。但是当他去重庆南路的书店街,去寻找关于台湾的历史书时,却只找到薄薄的一本,而且已经残破——台湾人似乎对自己的历史浑然不知，也不感兴趣。

他把《薪传》带到嘉义——他的故乡，也是汉人在台湾落脚的第一个地方去演出，更重要的是，他要躲开台北紧张的政治控制。上演那一天，正是 1978 年 12 月 16 日，美国与中华民国正式断交的日子，台湾再次像是汪洋上的一条小船，台湾人则是船上的渡客，不知未来的命运如何。"那时台上、台下的情绪都非常激动，大家哭成了一片，"林怀民回忆说，"跳'渡海'时，舞者是泪水汗水齐飞，观众一面拍手一面哭……"

1988 年，林怀民停掉了云门。一方面，他在台北艺术大学创办了一个舞蹈系，两头忙注定什么都做不好；另一方面，当时的台湾社会集体下海，人们脑子里只有钱，"我不开心——我是为了这个社会办这个舞团的，现在你们都不理我了，我不开心"，就像一个闹脾气的小孩子，他停了云门，在外面玩了三年。1991 年，他回到台北，叫了一辆出租车——大概 90% 的出租车司机都认识他。上车之后，司机问他：林先生，你为什么停了"云门"？林怀民回答说，很难，真的很辛苦……他继续说下去，司机不停地安慰他。到了目的地之后，司机突然说了一句话：每个行业都很辛苦啊，像我们每天在车丛中讨生活，也很累啊。林怀民下车后，司机拉下车窗，伸出头大声对林怀民说："林先生，加油啊！"

那个月有十几个出租车司机对林怀民做这样的"演讲"，他坐在车里逃不掉。为了这些普通的台北人，他只好重操旧业。

2007年7月,林怀民带着云门舞集,第一次到北京演出。开场后一分钟,台下闪光灯如闪电一般划过,林怀民非常愤怒,立即让舞者停止演出,拉上幕布,重新开始。这一幕,曾在1973年的台北出现过。

两年后,云门来北京演出《行草》,不再有闪光灯。演出结束之后,林怀民留下来和观众对话。有人因《行草》动用的中国元素——武术、书法而矜夸中国文化的伟大,林怀民说,我们不要老是说中国文化有多伟大,我们要问自己,我们为中国文化、为人类文化增添了什么新东西?

云门正是为人类文化增添了新东西,他们把东方文化的精神与现代舞这样一种来自西方的艺术形式完美地融为一体,观众浑然忘我,不能去分辨,到底这是传统还是现代?是新还是旧?在有的社会,不同文化的相遇,会激发出各自恶的部分,而在有的地方,则两两撞出美与善。

和林怀民的几次见面,常常会谈起政治,他为台湾而骄傲,也为台湾忧心。在过去的这些年,他常常带云门舞者到乡下演出,自称是舞蹈界的"赤脚医生"。他说:"我现在的作品好像与政治没有关系,在过去差不多十年里,都是非常纯粹的作品。可是,我觉得它的政治意义还在,因为在政治混乱的时候,美是最重要的东西。"

二

淡水河边的大稻埕码头,如今安静得像一个公园。亭子里,一群老人坐在小板凳上听台语歌。年轻人骑脚踏车沿河岸慢慢经过，车灯一闪一闪。平静、悠闲的步调中，大概很少人会记得，这里曾是台湾的经济中心，而影响台湾政治图景至今的"二二八"事件也正是发生在这一带。

18世纪中期，福建泉州人从淡水河口进入北台湾，他们找到一个小高地。在潮湿多雨的台北盆地，高地可以免于淹水。他们搭建茅屋，贩卖番薯为生，渐成一个小村落，人称"番薯市"。当时，台湾原住民平埔族划木舟自淡水河上游，载运农产品、猎物与汉人交易。平埔族称独木舟为"Moungar"，附近的汉人以闽南语音译，改称此地为艋舺。

这一波移民潮，造成了许多原住民的汉化和灭种，也开始改变原本台湾以南部为中心的格局。1853年，艋舺的汉人为了抢码头生意，发生了械斗。打输的泉州同安人捧着城隍爷跑到了大稻埕。此后，台北盆地附近每遇械斗，便有不少人逃到大稻埕。他们沿淡水河建起店屋，形成街市，以"霞海城隍庙"为中心，大稻埕崛起了。

清朝开放通商口岸后，英国洋行把安溪的茶运到北台湾，由农户种，然后运到大稻埕加工，英国人再运回厦门，卖到西方市场。大稻埕茶市闻名世界。

这一段历程形成了台湾性格的一部分——以商业为中心、进取、外向的海洋精神。台北盆地原本是"瘴疠之地"，被李鸿章形容为"鸟不语，花不香，男无情，女无义"，在艰难的开垦耕耘下，竟埋下了日后国际都市的雏形。

1875年，清廷在艋甲和大稻埕之间兴建城池，作为"台北城"，并将台湾的首府由台南改到台北。这是"台北"作为行政区划第一次出现。城池坐北朝南，以衙门为中心，两边是文庙和武庙。城池的设计非常讲究，有人称这是中国最后的风水城市。台北城建成后，这座行政中心和市民居住地——艋甲、大稻埕，共同成为今天台北的老城区。

台北城池才刚刚完工，甲午战争爆发，战败的清朝廷把台湾割让给日本。这个不能主宰自己命运的岛屿，"亚细亚的孤儿"，又一道伤痕刻下。

日本仍然选择了台北作为台湾的中心，因为台北距离东京最近。他们把原来坐北朝南的中国式城市方向扭转，变成坐西朝东，总督府对着日出之东，城市规划就此改变。总督府前后驻军，日本人与汉人隔离居住，日本人住在城内，本岛人住在艋甲和大稻埕。

这些本岛人后来被命名为本省人，和1945年日本战败之后来到台湾的外省人相对。沿着这条脉络，"二二八"事件发生在本省人聚居的大稻埕也就不奇怪了。那是在1947年，大稻埕一个贩私烟的妇人被警察粗暴执法，点燃了本省人积压一年多的愤怒。他们送走日本人，迎来的却是连日本人都不如的暴政。本省人开始仇杀外省人，继而引发国民党政府大规模的镇压。"白色恐怖"开始了。

也就在这一年,台北的街道名全部改为以中国大陆地名为主的街名,并两两对应地理方位。比如说,桂林路就在台北的西南部,而甘肃路在台北的西北部。一座台北市,犹如中国大陆版图。

站在台北街头,一则对于历史的缠绕感到惊喜,二来也觉得讽刺,对于晚年的蒋介石来说,也许将大陆内含其中,也是一个不得已的安慰。

台湾主体意识落成之后,很多人开始厌弃这些来自中国大陆的地名:"什么甘肃路,桂林路,和我们台湾人有什么关系?"

作家张大春却从另一个角度谈起对这些地名的记忆。他少年时住在西区,学校在东边。当时他才十二三岁,必须骑脚踏车上学。父亲不放心,骑车带他走了三天。有时候通天大道一直走,有的时候会绕不同的路。来自山东的父亲会跟少年大春讲,咱们到金华了(那是金华街),咱们又到了潮州了……遍游中国大江南北。张大春一直对大陆地名感到亲切,他说,"为什么一定要说台湾是中国的一部分,中国也是台湾的一部分啊。"

历史遗迹就这样层层叠叠错落在城市的地理层。不同的朝代并置,历史如此坚硬无法选择,却在每个人身上留下柔软的生命印记。张大春在台北走遍中国大江南北,朱天心目睹台北经历巨大变化面目全非,只能去京都寻找少年时生活的城市——因为日本人仿照京都规划了台北。

朱天心在1996年写出《古都》，呼唤对台北的记忆。"那时的天空蓝多了，蓝得让人老念着那大海就在不远处好想去，因此夏天的积乱云堡雪砌成般地显得格外白，阳光穿过未有阻拦的干净空气特强烈，奇怪并不觉其热，起码傻傻地站在无遮荫处，不知何去何从一下午，也从没半点中暑迹象。那时候的体液和泪水清新如花露，人们比较愿意随它要落就落。那时候的人们非常单纯天真，不分党派地往往为了单一的信念或爱人，肯于舍身或赴死。"

十多年后，朱天心来到北京。有人问她该如何描述台北，她说，这是一个被问了太多问题的城市。

三

有人笑说，台湾永远在选举。路边的广告牌，公共汽车身上，不同的候选人露出同样灿烂的笑容，向市民允诺，自己预示着一个更快乐的明天。摩托车、三轮车在街市穿行，后座旗帜飘扬，喇叭里呼呼人们投票给"某某候选人"。候选人甚至会到夜市拉票，和小吃摊的老板与吃客寒暄，这叫作"扫街"。

2010年的大事，是"五都选举"。这是国民党再次执政以来，两党第一次重要交锋。可是就在选举的前夜，连战之子连胜文为一位市议员候选人站台时，突然有人冲上台开枪，子弹穿透连胜文脸部，致其重伤。另有台下一位民众死于流弹。

台湾朋友十分沮丧,六年前陈水扁竞选"总统"时发生"3·19"枪击案,至今疑窦未开,许多人怀疑这是选举操弄,对于许多冷眼相看的大陆人来说,这次枪击案或许是又一幕台湾式的"民主乱象"。

民主之后又如何?电视屏幕里,台湾议会拳脚耳光齐飞,好像在告诉我们,民主有多乱。而另一种说法是,华人世界很难实行民主体制,以家族为单位形成的差序社会网络,必然会导致裙带关系和贪腐。这是真的吗?

1987年,台湾解除了长达三十八年的军事戒严,人民获得依法组党结社、集会游行的自由。第二年,在美国读书的何春蕤回到台湾,她想观察,一个原本在高压之下的社会,解除控制之后将如何转变。不仅如此,包括她在内的台湾知识分子,希望能介入社会变迁,让这个变迁去往开明的方向。

何春蕤胖胖的,戴眼镜,头发很短,讲话速度很快,思路又异常清晰。她是中央大学教授,华人世界一流的性别研究学者。但她不是象牙塔里的学究,她积极参与社会现实,将理论与实践交相作用,是"有机知识分子"。

在她的观察中,1980年代中期以来的台湾,并非一声令下,民主降临,从此万事皆休,而是波澜起伏、蓬勃的社会运动时代。每一天都有新的事情在发生,新的禁忌被解除。政府借着权力的惯性,想要寻找新的方法进行控制,民众则在松动中表达自己的诉求,争取更大的空间。

工人运动就是一个最明显的例子。一方面,劳工的利益长期被压榨;另一方面,资本出走,流向劳动力更便宜的地方,工厂关门,工人一夜之间没有了工作,没有遣散费,没有后续的安排,资本家卷了钱就跑了。"工运"爆发了。

当时的台湾,人们经过了将近四十年的"戒严",还没有运动的意识,没有集会、结社、抗争的意识。何春蕤说:"他们也不像大陆人民从小就知道批、斗,在这个过程中可以挑战权威,但是台湾没有,全是顺民教育,大家很害怕,再加上延伸而来的高压统治,人们会担心我万一出事被抓了,会不会被枪毙,或者会消失了啊。"这样怎么会搞得出来运动?

就像当年毛泽东创办农民讲习所一样,这时候靠的是许多知识分子。比如著名的工运领导人郑村祺,他是《中国时报》的员工,于是他就在《中国时报》里面搞工会,希望能够推动一些事情,也串联其他的工会,只要是听说有工人需要帮助的时候,他们就会帮忙。经过了一段日子,知识分子跟工人并肩打拼,说明、上课、组织,让群众开始看到,原来我不能靠政府,因为政府基本上只拿警察对付我而已。在这些过程当中,慢慢养成了一批比较有斗志的工会干部。这是台湾"工运"史上沧桑的一页。

如果说工人运动中,何春蕤还是以观察为主,那么在妇女运动中,她是亲身参与，而且成为颇受争议的人物。

妇女运动开始启动的时候，有一个共同而模糊的诉求：权利平等。当时的法律是以男权为主，比如，结婚之后，妻子的财产属于丈夫，所以妇女团体希望能修改《民法》，让财产归于自己。还有像子女监护权、财产继承权等等。而与此同时，从1980年代开始，台湾社会文化的松动，开始让很多女人发展出不同的生涯，单身女性越来越多，婚外情也越来越多，如何面对这些性/性别的变化？

这些变化像是社会中的潜流，若隐若现，却没有被清晰地表述，直到1994年。那年台湾一所大学发生了一件教授骚扰女学生的案件，女性学者得知此事，就开始组织反性骚扰游行，希望能够反击校园里的性骚扰案。

在游行和集会中，大部分人都是拿着喇叭控诉：某年某月某日，某某学校的某某老师对某某学生怎样怎样，呼吁社会要关心在校的女学生。

可是在何春蕤听来，这样的呼喊就变成了"女生很惨，很容易被老师侵害，老师都是坏人，男人都很不好"这样一套语言。台上的演讲者已经喊得声嘶力竭了，问何春蕤要不要上来讲讲？何春蕤就上去讲了一番不一样的话，她说："我不觉得性骚扰是少数几个坏男人做的事情，我觉得性骚扰是整体的情欲文化养成的，如果这个文化里面，大家的交往能够更自在，我的表情表意能够更自在，你对我的拒绝能够更明确，我们两个的互动能够更开阔，其实人们不需要用性骚扰这么差劲的方式表达自己的需求和欲望。"

接下来，何春蕤喊了一个震动台湾的口号，"我要性高潮，不要性骚扰，你再性骚扰，我就动剪刀"，她喊一句，台下的民众跟随高呼一句。和之前的苦情诉求相比，大家的情绪都很高。从来没有人在这样的场合喊过"性高潮"这种字眼。而后面很强势地表达"你再来，我就动剪刀"，一改女性被保护的姿态，一个有力量的女性形象出现了。

从这一点出发，何春蕤说，什么是社会运动，不是一两个人带领一群盲目的群众，而是如何让群众变得更有力量，成为运动的主体，"人的转化就是社会的转化。"她说。在这一波一波的运动——民主化运动、工人运动、住宅运动、环保运动、妇女运动、同志运动、性工作者运动等等——当中，人民成长了，懂得运用选票和选票之外的方法，去争取自己的权益。权利不是赐予的，不是蒋经国一声令下，民主从天而降，权利是一点一点斗争出来的。而群众的聚集，也可以不是暴民，而是有组织有理性的自我治理。

这也就是社会学家夏铸九所说，台北已经成为一个"市民社会浮现的城市"，人民成长为合格的"市民"，他们很清楚，我不是因为你是国民党，或者民进党而投票，我选你是因为你能解决我的问题。

什么是市民社会？夏铸九做了一个比喻，在传统的父权文化里，政府是社会的父亲，父亲会照顾你，但是你要听话，不听话要打你。在市民社会，政府和社会关系是平等的，你不是我爸爸，你是我选出来的。市民社会力量壮大之后，不可能凭借裙带关系、贿选、买选票那一套。"政治人物都知道，在台北不能买票，买票一定会被抓，因为他钱照拿，然后去告你。"比起来选举制度，这是更了不起的变化。

2010年，民进党在新任主席蔡英文的带领下，卷土重来。枪击事件发生后，一位当时在台湾的大陆记者写下了自己的观察："与六年前的'两颗子弹'截然不同的是，舆论关注度集中在了'真相'而非'选举'。并不似'两颗子弹'那般真相隐晦，百般推搪；连胜文枪击案，警政部门和台大医院尽最大的透明度实时公开案情进展，以及连胜文伤情状况，所有的主流电视台都在二十四小时直播案情，枪击案作为一个单独的治安事件，在信息充分公开的情况下，被尽可能还原事实，与选举分离。

"第二天一早，枪击案发生后的永和国小投票点，并没出现比以往热烈很多的投票场面。许多选民说，他们早已学会了把这类事件与他们的选票选择分开。台北的街头，一直都很平静。选举前，选举后，枪前，枪后。造势活动在法律规定的时间发生和结束，枪击案也结束在治安案件的边界之中。

"那种乘客与出租车司机蓝绿不同，就会被赶下车的时代，早就过去了。即使在枪击凶案发生之后，民众的理性态度，更让你相信，政治，已经从民间的日常生活褪色，而孕育了自由、法治、民主的社会力量，才是守护着台湾向前走的根本。"

这位记者的台湾朋友告诉他:"我想通了。我们选择、拥护这套制度,从来不是因为它不会发生这种乌七八糟的事,而是即便发生了,它也有自我反省、修复的能力。"

四

"若有音乐,哼我爱听的那曲 / 若有醇酒,斟我嗜饮的一杯 / 也许为我出薄薄的诗集 / 但不必写长长的序 / 追求的我已空无所有 / 这秩序缤纷的世界 / 就留给你整理。"

这是台湾诗人罗叶的诗,罗叶曾经是野百合学运的一分子,2010年去世。他的同代人取他的诗句,加以修改,编成《秩序缤纷的年代》一书,反思1980年代以来波澜壮阔的台湾社会运动,同时希望看清楚未来的方向。

和十年、二十年前相比,台湾社会运动处于低潮。即使如此,在2010年秋天,台北每周末都有游行。10月30日的同性恋大游行之后,11月7日,台湾数十个社会团体聚集在内政部门口,参加"秋斗"。"秋斗"由工人运动传统而来,在每个秋天进行。这一年的"秋斗"集结了工人、环保、原住民、同性恋等各种社会团体,队伍里旗帜林立,上面写着各种标语。游行从内政部出发,轮流到各个相关部委门前抗议。年轻人站在宣传车上慷慨激昂地喊着口号，让人想起我们的某个年代。一辆宣传车上赫然写着"消灭政商垄断，实现社会主义"，后来才知道组织者原本想写"实现社会正义"，结果写错了字。

不久前，台湾国光石化预订在浊水溪河口北岸 4000 公顷的湿地上，进行填海造陆。假如这项开发进行，将会截断白海豚的洄游路径，危机白海豚的生存。所以环保团体发起抗议，并号召民众集资买下湿地，抵制国光石化的开发案。对此，阁揆吴敦义为开发商辩护说，"白海豚有它生存、游水的路径，它会转弯的。"这句话引发众怒。游行的组织者把他的头像做成黄色贴纸，旁边号为"白贼"，发放给游行的参与者。

在抗议者看来，政府在为大财团、大企业护航，政商形成了利益共同体。可是，经济发展并不能以牺牲环境为代价。而在当时举办的台北花博会，也成为他们讽刺的对象，"台湾花光光，人民博生存"，听起来非常合理：一个劳师动众的面子工程，比百姓民生更重要吗？

游行队伍中很多都是大学生，或者刚刚毕业的年轻人。从 1990 年抗议选举体制、提倡宪政的"野百合学运"，到 2008 年反对警权过度使用的"野草莓学运"，学生运动作为社会变革的力量，在台湾已经形成了传统。

当年参加野百合学运的大学生，现在已是中年。他们有人进入政府体制，成为权力的拥护者，背叛了当年的理想；有人离开了政治，过着平静的生活；也有很多人仍然身怀对这个岛屿的梦想，在社会的各个领域耕耘。

在《秩序缤纷的年代》中，"野百合学运"的昔日领袖提出，时空不会冻结，面对着中国大陆的崛起，如何处理两岸关系，可能是未来台湾最重要的命题。而台湾内部政治依然摆荡着拥抱大陆和排拒大陆的两头，如何超越二者，寻找到第三条道路？

游行的人们散去，年轻的人们在不同的街巷继续自己的生活。台湾毕竟已经是一个温和的社会，殖民时代、威权时代已经过去，贪腐的总统已被送入监牢，在一轮一轮的提问中，人们回答得似乎都不赖。

只是，历史的残酷之处，同样也是幸运之处就在于，提问不会停止，它总在呼唤创造性的解答。

一个老兵的春节

一

这年冬天,我和朋友在淡水一家咖啡馆聊天。朋友是第一次来台湾旅行,她个子虽小,话音却快而脆亮,噼里啪啦,在咖啡馆的空气里作响。在台湾待了几年,习惯了人们低语克制、务实不打扰别人的作风,跟她说话,我感到久违的痛快过瘾,又心惊肉跳,生怕被人侧目。

正当这时,有人扬声说:"你们是大陆人吧?"

我转过头,看到旁边一张四人桌,一个卷曲短发、有些富态的中年妇人正扬起下巴看着我们,神情和善,旁边坐着一个头发似雪的老太太。

我们说:"对啊。"

中年妇人说:"我一听口音就知道,来来来,一起坐……你们是哪一省的?"

我有点惊讶,大陆游客在台湾越来越不受欢迎,常常被讥诮为太吵、不礼貌,很少有陌生人在公共场合如此热情。朋友说:"我是四川的。"我说:"我是甘肃人。"

"甘肃人?"中年妇人声音提高了,喊着:"爸爸!这里有一个甘肃人耶!同乡耶!"

一位老人刚走出洗手间,他快速点着拐杖,在座位前站定了,问道:"哪里?甘肃人在哪里?"他把拐杖靠在桌边,伸出右手:"没想到碰到老乡啊!"他脸颊浮出密密的黑斑,鼻梁边生了一个黄色的脓痂,眉毛像两丛悬崖边的枯草,皮肤松松兜住一块块往下坠落的内部组织:眼袋、脸颊、下颌。

尽管口齿含糊、身体惊人地衰老,但老人的思维和动作都很敏捷,他抓住脖子上的蓝色带子一扯,扯出一张卡片,指指上面的数字"13":"民国十三年,我已经九十岁啦!"过了一阵,他又拉起衣领,把左胸前的徽章往外拽了一拽,徽章中间是圆形的青天白日,两边是展开的鹰翼:"我是空军!"

老人叫曹润霖,是1949年跟随国民政府撤退到台湾的空军,也是我在台湾见到的第一个甘肃人。当年来台的外省人，多数来自东部：上海、浙江、江苏、山东、广东、福建……台湾的外省菜，指的是上海菜、江浙菜、山东馒头。到台湾的一百多万外省人之中，甘肃人只有 3900 多名，老人就是其中之一。

曹润霖生在兰州，他印象里，20 世纪初的兰州全是泥地，没有公路，也没有通电。抗战中，他考入位于四川西部的空军学校。那时候，空军是中国的希望，是民族英雄。但是他一路驻守、一路撤退：成都、南京、沈阳、北京、昆明、金门、台北。

九十岁的曹润霖，急于炫耀自己的青年时光："我们年轻的时候啊，空军很帅的。一到假期，就开着 Jeep，到学校找学生，一起去看电影。拉风得很。"他特意用英文说 Jeep，假牙让很多音节含混不清。

他听说朋友是四川人，立刻改用四川话："四川人？格老子你寺四川人？四川哪哈底？"他又恢复国语："我在四川驻军过两年啊，那时候川大、金陵女子大学，我都认识里面的学生。"

朋友挤挤眼睛："女生吧？"

他大方地点头："是女生。"

老太太漠然坐着，好像什么都没听到。

中年妇人说："这是我妈妈。老了，无所谓了。"

虽然已经12月，亚热带没有冬天。六十多岁的女儿，带着九十岁的父母来淡水散心。但是曹润霖对淡水的夕阳没有兴趣，他急着在两个大陆游客面前，一样样摆出自己的过去。他拿出一把小刀，执意要切橙给我们吃。他掂着手里的小刀说："这个小刀可不简单，是苏联炮弹做的。"

二

唯有回望历史，才会理解这个一心惦念青春风流的衰朽老人，经历了怎样的战乱流离。这是20世纪的中国人共同承担的命运。而他又是如此幸运，从20世纪存活了下来。

1924年，曹润霖出生的那一年，孙中山在广州创立了军事飞机学校，在他提出的众多口号中，其中有一条是"航空救国"。经过第一次世界大战，各个国家都认识到现代战争全新提速，骑兵的时代已经过去，现在有坦克、铁路，飞机占领了天空。有野心的军阀纷纷创设航空机构，无论是逐鹿中原，还是救亡图存，在战争年代，最有杀伤力的武器优先。在孙中山的号召下，许多华侨自费学习航空技术，学成之后，再募款购买飞机，回国革命。

然而中国现代空军的建立十分艰难。"九一八"事变后，日军轰炸锦州。1932年，中国空军在上海第一次迎战日军，一败涂地。当年，中华民国陆军军官学校航空班扩建为中央航空学校，从南京迁到杭州笕桥，蒋介石亲任校长。

那时的中国没有工业基础，所有的飞机都靠进口。但日本已经建立起强大的空军，日军相继轰炸上海、武汉、广州……中国空军尽管英勇，实力却悬殊。到1937年，中国在战前买的飞机大半折损。这时，苏联支援的歼击机、轰炸机，经中亚、乌鲁木齐运往兰州，再分赴东部前线。兰州，这座群山包围、黄河边的安静小城，成为了后方的飞行训练中心。

日本人很快意识到兰州的重要性，连年空袭兰州。1939年，中苏空军联手，将日军赶出了兰州上空。飞机的轰鸣，被击落在皋兰山的日本飞机，影响了兰州少年曹润霖的一生。

抗日救亡、保卫家园的时代氛围中，飞行员是拯救国家的希望。齐邦媛在《巨流河》中，写到恋人张大飞。日军占领东北之后，大飞的父亲被日本人浇油漆烧死。为报国仇家恨，大飞于1937年底投军，选入空军学校，毕业后即投入重庆领空保卫战，被选为第一批赴美受训的中国空军飞行员。1942年夏天，他回国成为中美混合大队的一员，报纸称他们"飞虎队"。

齐邦媛写道："新晋阶中尉的制服领上飞鹰、袖上两条线，走路真是有精神！此次告别，他即往昆明报到。由报纸上知道，中美混合大队几乎每战必赢，那时地面上的国军陷入苦战，湖南、广西几全沦陷，空军是唯一令我们鼓舞的英雄。"

那时，空军的待遇也比陆海军高出许多。一名陆军士兵每月伙食费 2 元，外加 3 毛钱草鞋钱，而空军学校的毕业生，每月工资 75 元，半年后加到 150 元。工资多到无处可花，每个人都买最好的衣服，照相机、马靴，每人都有一辆三枪牌自行车。开着 Jeep 四处兜风、约会、看电影，空军过着风光时髦的生活，也冒着极大的风险，每次飞行前，都必须签下遗嘱。

曹润霖考入空军军士学校时，已是抗战后期。当他毕业时，抗战已经结束了，迎接他的，是国共内战。1948 年，他作为国军空军的一员，参加了辽沈战役。这场战役的伤亡人数仍有争议，按照官方数字，歼灭国军 47.2 万人，俘虏 32.43 万人。曹润霖活了下来。

"指挥官临阵脱逃，"曹润霖举起双手，"投降了，做了俘虏。林彪对我们说，两个选择：留下做解放军，或者返乡。我拿着路条，回家了。我要回家。"他回到兰州，又从兰州撤退到台湾。

那场战役，是国民党溃败、失去大陆疆土的关键一役。

三

从那之后，我常常接到曹润霖的电话，嘱我有空去家里玩。他必定十分寂寞。

台湾老兵曾经是热门的时代故事。1949年，国民党在内战中失利，率领军队、公职人员等到达台湾。国民党发明了很多词汇，"撤退""转进"……来解释这一行动，但其实质不过是失败，对个人而言，就是生离死别，是逃难和流亡。从蒋介石到普通外省人，都以为不过是暂居，很快就"反攻大陆"，没想到一待就待了下来，与家乡相隔四十年。

1987年，台湾开放老兵回乡探亲。漫长的隔绝之后，重逢满是泪水，又是喜，又是悲，情感激荡难平。老兵们思念家人，也觉得内疚，他们不仅无法照顾父母，还使家人受到牵连，在政治斗争中受苦。老兵通常在台湾又娶了妻子，家乡的原配带大孩子，照顾公婆，仍在苦苦等待。这让老兵更加内疚。在经典的探亲故事中，也有失望。老兵发现，自己日思夜想的故乡，早就变了样子，离开得久了，多出许多亲戚，并没有感情，却羡慕自己手中的钞票。老兵们霍然意识到，故乡已变了他乡，原先一直认为的"他乡"才是故乡。

《巨流河》的作者、20世纪离乱中国最好的记录者齐邦媛，曾和学者王德威合编《最后的黄埔——老兵与离散的故事》，都是那段悲伤沉痛的历史。其中有一篇《老杨和他的女人》，老杨是一个外省老兵，退役后在山里放羊为生，娶了一个半疯的原住民女人。有一天，老杨消失了，他回老家看自己的母亲和妻儿，大家都以为，他不会再回来了，他一定留在了老家。没想到，一个夜里，老杨出现了，他"挂念着山里的女人和牲畜"。

但是，台湾本土意识兴起之后，老兵变成了历史的弃儿。他们原本就不被中华人民共和国承认，现在，"中华民国"、国民党、抗战，都成了台湾的包袱。他们在炮火中、尸体堆里走过的几千里路，没有人在乎。2000年，民进党候选人陈水扁当选。他说，老兵"把钱领一领跑去大陆花，再回头唱衰台湾"。许多老兵在接受采访时痛哭失声，他们觉得，"台独"将会引发战争，而"战争真的太可怕了，你们年纪太轻都不知道啊！"

除夕夜，我到西门町，和老人一家吃年夜饭。平时拥挤的街道，这天空无一人，除了几家餐厅，路边的门都紧闭着。路灯静默，人走过时叭地亮起，走过后又熄灭了。

西门町曾是外省人聚居地，这家餐厅是外省人常来的，能做较为地道的北方菜。发黄的白色桌布和白色椅套，和服务生的制服一样，都有些年月了。晚上七点，已经满座，我们只能坐在二楼的过道。

曹家一家四口，老夫妻和两个女儿。这就是曹润霖在台湾的所有家人。难以想象刚来台湾时，他是如何度过的。曾经每年春节，甘肃同乡会都在这里聚会。有三四千人，曹润霖说。但是现在，只剩三四人，老的老，死的死。"甘肃同乡会"仍勉强存在，老人所剩无几，年轻人主要是为了和大陆做生意。

在淡水见到的是大姐,小女儿也不年轻了,声音一样清亮。老太太穿着深蓝色羽绒服,仍漠然坐着。小女儿对大姐说:"妈妈知道今天是春节吗?"大姐夹起一片鱼,放到老太太的碗里。老太太夹起来放在老头的碗里。大姐从鸡汤里夹起一块鸡肉给老太太,老太太又传递给了老头。老头不要,夹起来放回最近的盘子,老太太急了,要把鸡肉放回鸡汤。女儿们想拦住她,但怎么也拦不住。

老人说:"我这个太太,年轻时候很美的,是我在云南认识的。"这时老太太突然说话了:"你说的人家听得懂吗?"

我老实说:"有一些的确听不懂。"

老头炫耀了半天,此时威风都没有了,叹气指着自己的牙齿:"我这个假牙。"

老太太得意了:"你看,我说的她就能听懂。"

老头说:"你说的她能听懂?"

老太太说:"我说的她肯定能听懂。"

无论怎样的老兵故事,其中都没有这样一个好色多话,又如此真实的老人。衰老令他苦恼:"有人说什么美女,屁,是年轻,等老了你看看,脸型都会变。"他惦记着年轻时在北京的女友,可是他"不敢见了,我一看她,是个老太婆,她一看我,是个老鬼,好恐怖好可怕哟"。

大女儿说:"爸,你的照片带了没有?"

老人在书包里窸窸窣窣地翻,翻出一张照片,年轻的曹润霖站在飞机旁,手背在后面,一身军装,戴着蛤蟆镜,蜂腰宽肩。

四

对于共产党的得胜,曹润霖竖起大拇指,认为毛泽东会用兵,周恩来的情报工作做得好,在国民党内部安插了好多特务。"胡宗南带着部队去延安剿匪,结果毛泽东早就知道了消息,骑着毛驴,跑了!"曹润霖连说带比画,好像在说评书。"蒋介石有军事长才,但是心眼太贼,喜欢听小人的话,喜欢听奉承,听人山呼万岁,放屁,谁能万岁?"

曹润霖从兰州撤退到了台湾,"有一个朋友没赶上飞机,后来就被……"他用食指指着太阳穴,摇摇头。父母和妹妹留在兰州,对他的行踪秘而不宣。

我问:"那对您家里人有影响吗?"

"他们问我妹妹,你哥哥呢?我妹妹说,我不知道啊!我还想问你们呢！"曹润霖眼睛一瞪，"我来台湾怎么了？不就是来台湾吗？有错吗？"

1987 年，台湾政府开放探亲后，曹润霖也曾回兰州探望家人。后来渐渐不去了，离开数十年，家已经很陌生了。曹润霖少年离家，父母去世后，亲戚们本来就不熟："除了发发红包，还能做什么呢？再说他们现在也不缺钱了。"

曹润霖又骂马英九，他上台后，为了显示公正，砍掉了军公教的福利："他妈的国民党下回不选它了，民进党也行，只要能治理好台湾就行。"

曹润霖絮絮叨叨，把自己一生的故事都讲完了。大女儿说："难得有人愿意听老爸讲话。"小女儿一直在划手机，偶尔劝大家吃菜。但菜都没怎么动，又端了下去。

老头说："你们这一代是最幸福的，没有战争。"大姐说："怎么没有，马上要打了！中国人不打不团结。"转头问我："大陆对钓鱼台的事情怎么样？你觉得会打吗？"我说："我想……应该打不起来。"大姐有点失望："蛤？是喔？"老头："最好不要打，你们不知道，战争太残酷了……"

九点一过，人们陆陆续续离席了，短暂的年夜就要结束了。老人又窸窸窣窣，从包里翻出一本红色封面的《甘肃文献》，打开里面，找到一张照片，照片上是一位长发姑娘，背景是黄河边的雕塑——黄河母亲。

照片背面写着:"给帅哥,能遇见你是我们有缘。"老人得意地朝我晃了一晃,说这是兰州一位妹妹送给他的。他嘱我回到大陆后,也寄给他一张照片。

这本《甘肃文献》,就是台湾的"甘肃同乡会"出版的刊物,已经出到第78期。封面是甘南的玛曲草原,封底是张掖湿地公园。开篇文章是《中华文化——廿一世纪属于中国人》。在第85页,有曹润霖写的《给甘肃老乡的寄语告白》,他引用了麦克阿瑟的名言"老兵不死,只是凋零",结尾处说:"老一辈大多走了,有的病了,有的走不动了,只有不多的老弱病残,说起来难过,而在台出生的年轻一代,各忙各的事业,对于乡亲也无多少认同,我看等我们尚存的老一辈走了,同乡会的大门还能开多久,后继无人,只有关门大吉了。"

我相信，我记得

一

岁月无情，首先改变了他们的身体。当等待的人们艰难分开，让出一个谢顶、始终微笑的大胡子唐诺，后面是朱天心，已是中年妇人的微胖身形，齐耳短发，穿着大红有垫肩的上衣，只有圆圆的眼睛，在褪色的时间中仍然照亮满室光华。

时间在她身上，显出奇怪的错乱。衰老在到来，提醒人们，这不是《击壤歌》时期，那个意气风发、只想要时间永远永远留住的少女，也不是1970年代、青春的台湾，这是52岁的作家，在2010年的北京，春天迟迟不来、两岸不再敌对关系却更为繁复的今天。

因为常年简朴的生活，朱天心的衣着庄重而并不入时。2009年香港书展时,作为演讲者的她看到现场摆放的《印刻》杂志,直说,糟了糟了。旁边的朋友问怎么了,她说,穿的是一样的衣服。果然,两年前的《印刻》封面上,她正穿着这身黑色西装套裙,凝神与唐诺交谈。

姐姐朱天文,梳着两条辫子,穿着碎花裙子出现在台湾的街头,像一个女中学生。姐妹两个,在最易变的时装领域,表达对过去年代的忠贞,和简朴生活的本质。

面对她们,你又会觉得,时间停止了。曾经在少作中、在年轻的面容上熠熠生辉的纯真,穿越时空,依然留存。

三年前的秋天,我在台北一个咖啡馆,等着朱天心的到来。我问印刻出版社社长、朱家的好友初安民,天文和天心是什么样的人?初安民诡异一笑:你见到就知道了。然后正色说,她们很好,善良、低调、纯粹、坚定,无论外界发生什么事情,她们都能保持自己。他看了看门口,她们一定非常准时,不会早也不会晚,她们会早到,在附近晃来晃去,到时间再进来。

天心进来的时候,我看了一下表,两点整。我一眼认出她认真、不防备的表情。她专注地看着我,像个小学生一样,听完每一个问题,都重重点头"嗯!",表示自己明白了,然后开始回答,毫不回避,更不世故。

有一年,哈金去台湾访问,一些学者和评论家组织了一个茶叙,朱天文也被请去。座中极尽赞美之词,朱天文越听越不对,当主持人点到她,她勉力克制,仍说出,哈金的英文翻译成中文之后,只剩题材,没有风格。她期期艾艾,百般转圜,仍说出这些不中听的话,一边讲,一边觉得自己大煞风景。

茶叙之后,原本已经深居简出的朱天文更闭门谢绝参加活动,自言为"巫"。

拒绝,是为了保持自身的完整性。更何况,演讲、采访、交谈,对于一个写作者来说,都是枝叶,多数时候,是赘枝。真正重要的,是回到书桌前,背对读者,背对评论,在艰苦孤绝的书写中,把那些未知的句子、形象,从身体里、从自己都已遗忘的经验中呼唤出来。这是写作者的使命。

苏珊·桑塔格说,写作,是因为内心有痛苦,非要表达不可。伟大的文学,是一个不老的梦,也是一门残酷的艺术。它逼一个写作者经过长年的寂寞岁月,啃食自身细密的经验,啃食爱、痛苦、绝望,啃食一切,然后以想象,以艰苦的努力,凝成独特的声音。

而这一切,以创造、永存为诱饵,要求着写作者的意志力,拒绝热闹,拒绝虚荣。

在台湾,朱天心不和读者在任何场合见面。她说:"写作是很个人的事情，出来和大家说什么，也帮不了任何的忙，你回去还要面对纸笔。"而每次来北京，她和唐诺都谢绝活动、采访，只是去前门买烧饼、吃羊肉串。

这一次，面对着海峡这边殷殷期待的人们，朱天心满月之脸，红扑扑的，说："大家好，其实还是蛮紧张的，唐诺也打个招呼吧——我们是夫妻。"在大家的笑声中，唐诺站起来，礼貌而谦和地说："不晓得要跟大家讲什么，感觉上还是打扰了。"

二

最好的时代和最坏的时代，往往交叠在一起。屠杀和创作力的爆发，有可能同时发生。压迫与战斗、苦痛与荣光，一一相伴而生。社会与人性相同，常常在犯贱，必要有敌人，有压力，才会克服天性中的懒散。

1970年代的台湾，恐怕当时的人们不会自觉那是一个黄金年代。1971年，台湾及海外掀起"保钓"运动，同年，"中华民国"退出联合国。1972年，尼克松访问北京，中日建交。1978年，中美建交。这些大陆民众熟知的历史事实，在台湾激起了绝然相反的震荡。"中华民国"在国际社会的正当性动摇，一个关于大陆山河的梦想破灭；而在岛内，国民党的威权统治仍在持续，也受到越来越大的反弹。

与此同时，1975年蒋介石去世之后，蒋经国上台，在他治下，台湾经济开始起飞。社会在一点点松动，几代人的激情、焦虑、痛苦在寻找出口。没有电视、没有网络，还没有过多的街头抗争，办刊物、写文章、进行思想讨论，是那个年代进步人士重要的抗争方式。

1977年，"乡土文学论战"爆发。一方面有论者发言批评白先勇、余光中等现代派作家"逃避现实"，他们认为，作家必须负有社会责任；另一方面，现代主义文学应该克服西方的影响，扎根本土。这场辩论看似是现实主义与现代主义的美学之别，事实上混杂了台湾社会的种种政治矛盾："党外人士"与当政者、统一与独立、民族主义与西化、外省与本土等等。

国民党在台湾禁止了"五四"、左翼文学传统，文艺是"自由""现代"，而远离政治的。"乡土文学"在讨论文学的同时，也启动了政治能量，这种危险迅速被国民党政府发觉。"乡土文学"还未来得及深入讨论，就被镇压了，但是它内在的思想，却在台湾留下了深远的影响。

当时的台湾，也是文学的台湾。年轻一代，无论将来从政、从法，还是从医，都勤于读文学。小说大量出版，拿起笔来写东西，是很常见的事。身处其中，朱天心自觉不算一个特例，"区别只在于，因为父辈的影响，我们觉得写完文章去投稿，是很自然的事，所以常常会发表，也会继续写下去。"

也是1977年，朱天心的长篇散文《击壤歌》出版。这本书记录她的高中生活，写于她等待进入大学的暑假。在时代的风起云涌中，一群小儿女并无知觉，她们想办法逃学，四处游荡，"遂行自己的小小叛逆"，朱天心回忆说，"是这样'大观园'的日子，让我毕业离开时仍恋恋不舍，想用笔，记下当时的风日，当时的亲爱友人，当时的每一丝情牵，见证曾有那么一群人是这样活过的。"

《击壤歌》出版第一年便再版十余次，五年内畅销30万册，成为一代人的青春读本。但是在正当浓烈的"乡土文学论战"中，这本书，包括当时朱家姐妹的其他作品，被批评为"闺阁文学"，是"商女不知亡国恨"。

朱天心原本看乡土文学论战，像是看大人吵架，突然自己被卷入其中。"左翼"文艺理念很容易把现实和文艺的关系简单化，沦为教条，有人认为，这样在城市长大，生活衣食无忧的女孩子，只会写写自己所处的环境，写写爱情，正如她们的祖师奶奶张爱玲，是"姨太太文学"，无法登入文学的庙堂。

"当时只要去写农村、写矿工，写得差差的，就可以获奖，身边好多人一直都没有离开过台北，也去写农人……这样你就会有压力。"这是朱天心第一次面对文学的诱惑和压力，该迎合当时的文学时尚，选择宏大而"正确"的题材吗？

今天，历史已经一再证明，到底什么是经得起考验的选择。强力的意识形态会令文学荒芜。无论理念如何，文学终究有关个人的心灵，如果不能为人类的精神添加独特的声音，那些纸上产物终究不过是浮尘，一抖即逝。

身在时代的现场，这样的选择并不易做出，"可是如果十七八岁的时候，你不能诚实面对自己的十七八岁——尽管那很贫乏、很小资，你怎么可能诚实地去面对自己的五十岁、六十岁？我们只能选择诚实去写作，哪怕这个题材是很小的。"朱天心说。

三

"乡土文学"的作家和评论家们最终与反抗国民党统治、争取民主政治的"党外运动"汇流。1979年"美丽岛事件"爆发，隐藏在"乡土文学"内部的本省籍、外省籍矛盾爆发，内部分裂，本土意识兴起，对于中国的认同日渐衰落。

台湾的民主运动浩浩荡荡，腥风血雨，终于建立了民主体制，但也埋下了深刻的矛盾。这一进程形成也借助了一个历史叙述：台湾，这个亚细亚的孤儿的四百年悲情，就是"被殖民"的历史。关于现代民主政治的想象与民族主义、身份认同纠结在一起，这一次，本省人、原住民站在了道义的高度。

1987年，蒋经国宣布台湾"解除戒严"，开放言论、集会结社的自由。

1994年，蒋经国指定的接班人李登辉宣布进行正副"总统"直选。2000年，陈水扁当选，民进党执政。陈是第一个本省人"总统"，被称为"台湾之子"。

在这一系列多半被正面描述的历史进程中，身为外省第二代的朱天心，被挤压到了边缘。"外省人滚出台湾""外省人欺负本省人"……树敌永远是有效的，省籍矛盾在选举中、政治斗争中，一再被简单操作，甚至超越了政党体系，"在那个时候（李登辉时代），民进党常常都会帮助李登辉对抗国民党内的外省人，把党的界限打破了。所以我常常觉得台湾的民主很假象。"朱天心说。

胡兰成以李白形容朱天心，"李白是天之骄子，他对于世上的事物什么都高兴，又什么都不平。"朱天文说，天心有一个爆炭脾气，见不得世上不公，"本来南鱼座的人，血液里就是流有更多楚民族的赤胆忠心，浓愁耿耿啊。"

她不是没有委屈的，在写台北的小说《古都》一开头，她说："难道，你的记忆都不算数……"生于此，长于此，何以就成了侵略者，成了客人，一两代人的生命经验，到底如何相看？

15岁之前，朱天心随父亲居住在眷村，那是国民党中下级军人的独立封闭社区。那一代外省人，尤其是老兵，随着国民党来到台湾，一辈子漂泊，到了七八十岁，已经没有任何能力回到大陆，去东南亚，但是在台湾的政治斗争里，却被描述成了国民党的帮凶。这么多年，台湾的发展和他们没有任何关系，支撑他们一辈子的信念——回到大陆——反而被羞辱、嘲笑、糟蹋、践踏。

"也有一些外省人，在高位的人，风向是转得很快的，他们会倒过来怪，都是你们在扯我们的后腿，因为我们看起来是旗帜鲜明嘛。我为外省人的不平之气不是为宋楚瑜，不是为马英九，因为他们始终都享有权力和资源。"

如果说本省人的悲情是正统的本土意识，那么这些外省老兵的生命经验，就该在边缘化的过程中被改写和遗忘吗？朱天心有一个朋友，她妈妈是台湾本省人，爸爸是 1949 年来台的大陆人，妈妈常常会说外省人怎么欺压我们，到后来她忍不住了，说，妈，几十年，都是你在欺负爸爸，我没看到他欺负你啊。"台湾每个人都把个人的生命的小历史全部拱手交给这么庸俗、这么粗糙的一个大历史。"

于是她写《想我眷村的兄弟们》，写《古都》，她着急，她想要告诉读者，事情不是你们想象的那样，个体生命经验，不可以化约为政治教条。

2007 年，当我到达台湾时，被温和、友善的社会氛围感染。但是深谈之下，又感觉到一种明确的焦虑。由于两岸关系的恶化，台湾经济停滞许久，民进党政府的贪腐弊案日渐爆发，民众对于本省人主宰的执政党越来越失望。媒体盛行一句话："国民党偷吃完还知道擦嘴，民进党吃完连嘴都不擦。"2006年，民进党前任主席施明德发起"百万人民倒扁行动"，声势浩大，却无疾而终。省籍矛盾仍然是碰不得的话题——朱天心说，如果朋友之间不想伤害感情，最好不要谈这个——但是只要交谈超过半小时，无人不提及。对台湾来说，这还涉及另一个根本的问题：和中国大陆该如何相处？

2008年，台湾大选。马英九当选。很难说这是一次外省人的胜利，更恰当的说法是，台湾民众用选票表达了对简单粗暴的政治方式的厌倦。只是十多年过去，伤痕已经刻下。

如今回想起来，朱天心说："那些年我觉得自己像希腊神话里的卡珊德拉，喊破喉咙，可是没有一个人相信。我喊出来，想尽各种办法让大家去逃命。现在大家都会逃的时候，我反而觉得失掉了写作的动力。"

这时候的朱天心，不是"闺阁派"，不是"商女不知亡国恨"，个人与时代之间形成强烈的张力，她充分经历、感受着社会的变动，同时，居于边缘，让她必须寻找新的语言、新的眼光。

四

"台湾这些年，像做了一个梦。"唐诺说。

唐诺原名谢材俊。和朱天心结婚时，朱妈妈的朋友问，你这个女婿是什么样的人？朱妈妈说，他是住在树上的人，如果树上有书有围棋，他可以好几年不下来。

谢材俊生在宜兰，本省人。搬到台北时，母亲告诉所有的小孩：我对你们只有一个条件，不许找外省人。他和朱天心高中时认识，也是《击壤歌》中四处游荡的一员。后来进入同一所大学，同一个系。

唐诺年轻时也写小说，他的老师朱西宁（朱天心的父亲）评论说：你这个人讲话的时候这么有意思，怎么写出来这么不好看？也许正是因为，他的才秉并不在于想象力与叙事。阿城说，他第一次看到天心的文章，觉得自己真脏，看到唐诺的文章，觉得自己知道得真少。唐诺所知极为渊博，出口就是繁复缠绕的知识体系，他喜欢博尔赫斯，一点都不令人意外。

他讲道，博尔赫斯发现斯堪的纳维亚半岛有一位神学者，早于马丁·路德提出一些重要的神学理论，丹麦也曾有一个国王，武功、雄才伟略，不下于拿破仑，但是大家都不知道。同样，北欧神话的复杂度、震撼力，比各个民族的神话都要强烈，可是大家都不在乎，所以博尔赫斯说，整个斯堪的纳维亚半岛的历史，像做了一个梦一样，跟人类集体无关。

人类集体的文化自有其势利之处，身处大陆之畔，台湾在国际世界日渐边缘化，文化亦受影响。假使诺贝尔文学奖要颁发给汉语作家，会想到台湾吗？唐诺引用博尔赫斯的文章，是想说，台湾这些年的文化成就无人关注，"像做了一个梦，百无聊赖起来，做什么事，感觉没有人对你有兴趣"，所以两岸关系的改善、大陆读者的期待对他们有重要的意义，"原来你做什么，对别人还是有意义的，还是有人在乎的，这对我们的书写非常非常重要。"这也是他们此次大陆行的缘由。

朱天心、林怀民这些1950年代出生的人，是台湾不可复现的"黄金一代"，此后台湾文化后继乏力，如唐诺所说，"百无聊赖起来"。一方面，"去中国化"的过程抽掉了文化的重要根源——使用一种语言，却拒绝这种语言背后的历史文化，不可不说是一个悖论；另一方面，1980年代之后，台湾迅速资本主义化，文化成为商业，有才情的文学青年进入媒体、广告业，拿一份不错的薪水，很快可以出名，衣食无虞，也享受对社会施加影响的美好感觉。搞一个公司、一个网站，卖掉就是一笔钱。没有人再能守得住寂寞了。一波一波，出产的是文化明星，而不是好作家。

二十多年前，朱天心和唐诺的好朋友詹宏志，因为种种原因要离开远流出版公司总经理的职位。那时，朱天心夫妇一个月生活费只要5000块（新台币，下同），但詹宏志夫妇就要15万，保险费、买房子、养车子……他们的物质水准已经很高，所以下一个工作，也只能是做总经理或者社长，这样选择的机会就变得很少。"那时候我们俩就有个默契，绝对不要哪一天过到选择会有这么小，而是要随时保持我要不工作也可以的生活状态，"朱天心说，"我理解的自由，不是说你写什么都可以，而是说你还要有不写的自由，不用被一堆生活上的琐事催逼着，非得写个不停。真的面对大的困难时你敢不写，我觉得那才是自由。"

若说他们极其自律，不如说他们对于生活的嗜好极为简洁。他们尽量简单朴素，以换得心境与创作的自由。唐诺形容这十多年来的生活：每天早上起来，错过上班的高峰期，在九点和九点半之间到达咖啡馆，开始写作，写到中午一点多，每天写8000字，删到300，自称"写得很慢，也写得很少"。

这种沉稳的个性，让谢材俊在追求天心的时候，吃了不少苦头。朱天心从不避讳自己对于同性的情感，那时她喜欢的是一位个性飞扬、志在天下的女同学。最后，谢材俊和朱天心的结合，却像是给世界的一份文学礼物。一个一流的评论家，和一个一流的小说家，以对文学的至诚热爱，在日渐喧嚣轻浅的时代，相互支持，做不堕落的人。

唐诺开玩笑说，好像40岁之前，他只做过两件事，一是写过一首很烂的电视剧主题曲的歌词，二就是娶了朱天心。"我一直觉得后面这件事，我做得还不错。"他很认真地说。

"我们究竟是谁？我们不就是一系列的偶然，我们自己所读过的书，我们所思考的东西，这些构成了完整的我们。也许人生一个擦身而过，鬼使神差的结果，当初可能是转到左边，转到右边，那辆车没有搭上，你的人生可能就改变了。所以在回忆的时候很危险，世界差点成不了世界，你差点成不了你自己。你可能会变成另外一个人，跟另外一个人结婚。

"我们到现在还可以不断地谈话,包括跟朱天文,每天还有说不完的话,不会是很身边的柴米油盐。我们本来以为很自然,后来发现好像蛮难得的。我们还有相当大一部分共同相信的东西,或者是共同喜欢的东西,这个蛮不容易的。

"如果你想问的话,我觉得我们对待彼此蛮认真的。你好像不太愿意让你身边的人丢脸,所以有些事你不能做,有些事你必须做,有些事你可以勉强。这么多年了,这也是一个动力,所以我说,作为朱天心的先生,我觉得我扮演得蛮认真的,也还做得不错。这是真的。"

陕西来了个倔老头

一

陈忠实来了北京。这个当口，话剧《白鹿原》正在演出。舞台上一片浓重的陕西腔，话剧演员们用胸腔共鸣发出的声音，在剧场空间轰隆作响，据说这可以加深空间的厚度，绽出原作的汁味。这出话剧，把在西安过得忙碌而逍遥的陈忠实又拎到了媒体关注的中心，——他这次来，是要参加中央电视台《艺术人生》的节目录制。

在电话里，陈忠实说："哎呀不要采访了不要采访了，十几年了，就是那些话，没有意思。"和他的同乡贾平凹一样，数十年来，陈忠实也还是一口陕西话。西北人好像不太有学习语言的天分，也不太擅长口头的表达。但那种发自喉间的声音，像心肺里掏出来的，沉而实在。

那天特别热。陈忠实居住的酒店邻近四环路，没有树木，马路和楼群之间，尽是耀眼的白光。陈忠实穿着短裤，赤脚盘腿坐在椅子上，抱怨北京太大太不方便。有一位出版社编辑正在和他谈出版散文集的事，陈忠实从手提包里拿出一个大信封，里面是从别的集子复印出的文章。近些年他的散文以不同的名字结集出版，编辑要回去重新拟定书的标题。身为陕西省作协主席的陈忠实，早已不写小说了，除了参加文化活动，给一些作家写序，他只是写一些散文。"我现在，想写什么就写什么。"他说。

二

再返回二十年前，陈忠实可不是这样。作为"陕军"的大员，那时候的陈忠实已经很有名气，但是还没有一部作品，扔出来能让文坛哆嗦一下，用他的话来说，没有一本死了以后做枕头的书。他原打算写十个中篇以后，再考虑写一部长篇，但1986年，写完第九部中篇《兰袍先生》，陈忠实耐不住性子了。当时正是文坛最热闹的时候，各种潮流蜂拥而上，韩少功、王安忆，都在前一年发表了重要的作品。即将五十岁的陈忠实着急了。他反问我："谁不着急？谁希望自己写的小说只有一个乡的人知道？谁不想传播到另一个乡去？"他瞥了我一眼："你问这个，不是说废话呢吗？"

而另一个原因，是《兰袍先生》的写作引发的"关于这个民族命运的大命题的思考日趋激烈，产生了一种强烈的创作理想"。1992年，陈忠实写出了长篇小说《白鹿原》。

当时,还在读中学的我在一个偏远的小城读到陈忠实的小说。对于承担大命题的《白鹿原》,我没有太深刻的印象,反而对之前垫脚的《兰袍先生》印象深刻。这部小说不像《白鹿原》那样野心勃勃,它有陈忠实特有的质朴真诚。那种基于人物命运的内在徘徊,是小说家的禀赋。更重要的是,它牵动了我的记忆。

这部小说讲的是一个传统秩序与个性解放之间矛盾的命题。故事的主人公来自一个耕读人家——有文化的农民家庭,他十多岁就做了私塾老师,穿一袭兰色长袍,被村里人尊称为"先生"。父亲早早地给他娶了媳妇。但是很快,新的政权建立,私塾取消,小"先生"去师范进修,他发现这里的学生调皮,不讲规矩,完全没有礼数。但不知不觉间,原先早熟稳重的小"先生"被青春的气息拂动了。他脱掉了兰袍,爱上了一个女同学。最后还是被强硬的父亲打败,退学在家。

小"先生"的早熟是在日常生活的层层规矩里被催成的。这种规矩我并不陌生。吃饭要怎样,见到长辈要怎样,这种秩序安排,是儒家人伦渗透到日常生活中的表现。长期约束之后,这些规矩会内在化。小"先生"发现即使在没人的时候,他也不敢舒展自己的身体,跃起来抓一把头顶的树枝。在到处都是规矩的环境中长大,不能不缺少些张扬的神采。父亲送他两个字,"慎独"。这两个字当时让我触目惊心,久久不能忘。这是对完美道德的要求,也含有一种恐怖的力量,这种力是向内的。正如陈忠实所说，"儒家文化是收敛的文化，是对人性格的控制，不是开放的，这是和西方文化本质的差异。"

可以想象，陈忠实从小也生活在这样的秩序当中。他出生在西安东郊的灞桥区，那是古人折柳相送的地方。汉唐之都，又是内陆，没有海洋和商业文明的冲击，文化传统相对深厚保守。陈忠实说，自己从小家教很严，细到一言一行，都不放过。

我请他举几个例子。

他说："家里来了客人，都是父亲接待，孩子不能到前面去干扰，不能在他们说话的场合跑来跑去；家里接待客人，小孩不能上席；逢年过节去亲戚家，小孩可以入席，但大人动了筷子以后，你才能动；夹菜的时候只能从旁边夹，不能从中间夹，也不能从对角夹，你要那样，有人会说你没教养，不懂礼数；饭没有咽下去以前不能说话，不能嚼着东西说话。"

在《兰袍先生》里，有几乎同样的一段话，小"先生"第一次进学校食堂："女学生也夹在一堆，张着填满饭菜的嘴巴笑。我很不舒服，这些经过两年速成进修的男生女生，很快都要为人师表了，却是这样不拘礼仪。我在家时，父亲自幼就训诫我关于吃饭的规矩，等上辈人坐下后，自己才能坐；等别人都拿起筷子后，自己才能捉筷；等别人动手在菜盘里夹过头一次菜后，自己才能夹；吃饭时不能伸出舌头，嘴也不能张得太大，嚼时不能有响声；更不能在填着饭菜时张口说话。现在，瞧这些将来的先生们吃饭时的模样吧！张着嘴笑的，脸颊上撑起一个疙瘩的，满院子里是一片吃喝咀嚼的唧唧嚓嚓的声音，完全像乡间庄稼人在村巷里的'老碗会'，没有一点先生应有的斯文。"

陈忠实否认了自己的背景和"兰袍先生"有共同之处，将小说情节摁在作者脑袋上，本身也相当不智，但这些细节与相似的生长环境，让我觉得陈忠实一定有和"兰袍先生"共同的气质，内敛拘谨，激情包藏其中，或许也受秩序感的约束。无论在小说中，还是现实中，个性解放——这个"五四"以来的重要口号，没有在叙事上获胜，也没有在道德上获胜。获胜的是"慎独"的道德力量，它借助日常生活习性安排好了身体组织。

我问陈忠实："您小时候会反对家里的这些规矩吗？"64岁的他回答："这都是规矩啊，你没有理由反对。孩子是一种原生状态，必须接受社会文明。"

三

陈忠实很不喜欢讲话，或者说，是很不喜欢和陌生人讲话。开启他是一件特别艰难的事情。

据说创作《白鹿原》的时候，陈忠实把自己关在家里闷头写，很少对外界，更不对媒体透露风声。可是有人不知从哪儿听说了，就写了一篇文章,把这事捅出来了。陈忠实急了,一直埋怨走漏消息的朋友,他说,就像是蒸馒头,还没熟呢,就打开蒸笼把气放跑了,这馒头还能蒸得好吗?这种将自己严严实实地放在蒸笼里,不发一言的作风,在我看来是再熟悉不过的西北人气质。可是陈忠实并不认同,他甚至不认同地域性格。即使在文学中,莫言的山东高密,苏童的江南水乡,陈忠实的关中平原,这种在空间、人物性格的不同,也仅仅被他归结为精神气质的不同,可是这精神气质不就是一方水土养成的吗?

陈忠实一再重复,这是小差异,"南北东西,生活习性上有小差异。精神传承上没有大差异,都是儒家文明熏陶下的。"

我问:"您不觉得中国地域性格差异大吗?"

"那只是性格、习性上的小差异。决定人的本质的不是人的生活习性,而是人的精神气象、心理结构。中国人的心理结构不要说是南方农民和北方农民,就是城里人和乡里人,也没有本质差别。为啥呢?思想、信仰、道德,编织成心理结构。中国靠儒家传承下来,甘肃、陕西崇拜孔子,人家广东也崇拜孔子,道德判断是一样的。至于生活习性,语言差异,那是表象差异,不是本质的。在外国人看来,都是一样的。"

在陈忠实看来,重要的仍然是整个民族的心理结构,这是"五四"以来,以西方为参照的思维,正是在这样的思维下,陈忠实写作了《白鹿原》。可是存在这样大而笼统的民族心理结构吗?即使有一个大的观照——大的观照是必不可少的,民族、人类……但辨析人们之间精微的区别,不也是作家所要做的吗?为什么陈忠实的判断不能像自己在作品中的感觉一样,相对复杂而具体呢?也许这样的判断就是限制他进一步走下去的原因?

我们的观点似乎在不同的层面和方向,在某些地方可能会重合,但是他不愿再讨论下去了。这个倔老头执意认为自己的观点是对的,因此拒绝讨论,任何辩驳都是多余的,除非你认同他的观点。或许担任体制内领导职务多年的陈忠实,也已经习惯了发表见解,而不是被这样地询问。

他的脸上出现了明显的拒绝的神态。这个话题显然不能再继续了。谈话的气氛本来就很勉强,此刻更僵硬了。我仍然试图缓和气氛,用探询的方式,和他聊天,但每句话都只能引来一个非常简单的回答。

最后,他面对我的问题挥挥手,像关上一扇门。他默然不语,侧过脸看着右边的地面。我以为他在思索,于是伸出脑袋期待地看着他。他看着地面,紧闭双唇,一句话也没有说。我们像两块石头在两张椅子上实实地放着,却无声息。一分钟。一分钟后,我才意识到,这是拒绝。真是最令人恼怒和尴尬的沉默。但这种深入到骨子里的倔强,我的身体里何尝没有?他又为什么不能厌恶这样一次不愉快的采访呢?他要把自己紧锁起来。何况,当紧锁之中有面有水,就有了馒头的香味。

我起身告辞。陈忠实像解脱了一样，神色缓和下来，他笑着送我到门口，转头一瞥，突然指着桌上的西瓜："这个你带走吧。"我站住了，看着这个刚才还不愿看我的老头，"您是说真的？""当然是真的，我明天就走，吃不了也浪费了。"我瞥了一眼,说好吧,就抱着西瓜走出了房间。

毕竟，那是一个非常炎热的夏天。